アクリル板を飲み込んで、おなかが痛くなる
アクリル板を吸い込んで、胸が痛くなる
アクリル板がせまってきて、目の前が真っ暗になる

アクリル板がない場所は、この世にはないの

# 目次

アクリル板がないところ …………………… 4
人間に戻る、きっと戻る …………………… 10
遠くに行くということ ……………………… 13
ウソつき、ウソつき、ウソつき …………… 15
そして、泥棒 ………………………………… 18
真相 …………………………………………… 23
水族館沼 ……………………………………… 27
しばしのリラックス ………………………… 38
出陣！ ………………………………………… 42
ハンバーグ、ソフトクリーム、満腹 ……… 55
どれだけの水 ………………………………… 63
定時連絡 ……………………………………… 66
それは、「今生(こんじょう)の」ではなく …………… 73
爆誕 …………………………………………… 79
作戦を立てよう！ …………………………… 81
なみとももの奄美講座（奄美群島編）…… 92

作者略歴 ……………………………………… 102
本書のテキストデータ引き換えについて … 105

# えなも　おどっちゃうけん！

## 1　はじまりのとき

金子あつし＝作

読書日和

## アクリル板がないところ

　今日も布団がとびきり重い、つらい、生き苦しい。
　月曜日、また、「学校に行けない1週間」が始まる。遠くへ行きたい、どこか遠くへ。行かないといけない学校も、大きな湖も、重すぎる布団も、アクリル板もない、どこか遠くへ。
　その思いを初めて両親に打ち明けたのは、ギョーザを囲んだ夕食の時間だった。
「遠くにいきたい、どこか、どこか遠くへ。あ、へ、変な意味じゃないよ。旅行。ひとり旅」
　両親が、とまどっている。
「あ、や、で、でも、中学生でひとり旅なんておかしいよね。なし、やっぱりなし、今のなし」
「え？　いいんじゃない？　最近ヒマだって、言ってたし。ねえ、お父さん」
「んんん、かわいい子には旅をさせろなんて言うしなあ」
　両親の反応は、意外なものだった。

　学校に行くことはおろか、最近は外に出ることさえない私に気を遣ってくれている。そのことは、分かる。気を遣わせているのが申し訳なさすぎて、今すぐ誰も私に気を遣わなくて済むよう、遠くに往きたい。あらためて、

その思いを強くした。
「どこ行きたいの？」
お母さんの質問を受けて、私はうつむいた。「どこか遠く」へ行きたいだけで、目的地は決めていなかった。目的地を決めることもなく、こんな提案をしたんだ。なんと、自分はおろかなのか。

「ア、アクリル板がないところ」

　あるはずがなかった。２０２０年、世界はコロナ禍に、人がいるあらゆる場所はアクリル板に覆われている。未開、いや人類未到の地にでも行かなければ、そんな場所はない。
「なるほどぉ。淳奈住んでるとこなら、ないかもね」
　お母さんの返答は、またも意外なものだった。
「淳奈おばさんって、名古屋に住んでるんじゃなかったっけ？」
「いやいや、今は奄美」
「奄美？　沖縄県？」
「沖縄に近いといえば近いけど、鹿児島県」
「遠そう」
「さっき、遠くに行きたいって言ったばかりじゃない」
　それもそうだ。
「でも、なんで奄美に？」

「さあ、本人に直接聞いてみて。ほら、いっしょに熱海に旅行に行ったじゃない？ あの後すぐ、突然仕事辞めて、奄美に」
「仕事を辞めて……」
　突然仕事を辞めて、引っ越し。よほどの事情があったのだろうか。
「熱海、行ったなあ。あれ、えんちゃん、小４のときだったな。あそこで飲んだ焼酎は、うまかったなあ」
お父さんの斜め上からくるあいづちを聞き流しながら、私は熱海でのことを思い出していた。
　宴席で見分けがつかないくらいそっくりなお母さんと淳奈おばさんが、同じものを食べ、声をそろえて「おいしい」と言ったときの衝撃は今でも忘れられない。一卵性双生児という言葉を、その夜初めて知った。
「お母さんのお姉ちゃん……だよね？」
「妹。まあ同じ日に生まれたし、特に意識することないけどね。淳奈のとこ泊めてもらえるなら、宿賃タダだし、私も安心かな」
「そう」
「そうと決まったら、さっそく電話してみよ。もう仕事終わってるかなあ」
お母さんは手慣れた手つきでおばさんの番号に電話をかけると、きっと私にも話が聞こえるようにということなのか、スピーカーモードにして、スマホをスタンドに立

てた。

📱「もしもし、淳奈。元気？　そっちは、どう？」
📱「元気よ。仕事はあいかわらずたいへんだけど、今年も星がきれいで癒される」
📱「そう。ところで、うちのえん、覚えてる？」
📱「もっちろん、覚えてるよー。熱海で会ったとき、小学生だったよね。ということは、今はもう高校生か」
📱「中学３年生。高校に行くとしたら、来年ね」
「行くとしたら」その６文字は１００倍となり、６００本の針となって私の心臓に突き刺さった。そんなことはおかまいなしに、姉妹の会話は続いていく。
📱「そうなんだ。で、えんちゃんがどうかしたの？」
📱「うん、ひとり旅がしてみたいんだって。淳奈のとこに泊めてもらえたら安心かなと思ったんだけど、今週あたり都合はどう？」
📱「奄美まで来るってこと？　いいよ。仕事休めないから、そんなにかまってあげられないかもしれないけど」
📱「いいわよ、最近の中学生はスマホで調べてどこでも行くし」
📱「そっかあ、そういう時代よねえ」
📱「お礼に何かお酒送るよ」
📱「ほんとに？　じゃあ、富士山の水で作った焼酎と甲府のワインと、あとは……」

🔲「はいはい、近くのコンビニのワイン送るわね。コンビニ、近くないんでしょ？」
🔲「え、たしかにないけど……待って」
🔲「それじゃ、到着時間はメールするようにするか、よろしくね」
🔲「待って、花の」
　淳奈おばさんの止める声はまるで聞こえていないかのように、母は通話終了のボタンを押した。

「おばさんは、えっと、知らないんだよね。学校のこと。でも、『学校は？』って聞かない……」
「ああ、あの子は頭のネジ１本か、２本か、３本か、４本か５本、飛んでるからね」
……そのくらいネジが飛んでいだ方が、生きやすいんだろうか。
「今週末……なんだね」
「ああ、来週はクリスマスだし、その後はあっという間にお正月だし。クリスマスとお正月は、家族そろって過ごしたいじゃない？」
「『善は急げ』って言うしなあ」とお父さんがうなずいている。
「こ、心の準備が」
「そんなのいらないいらない。着替えとスマホと充電器、それだけあればだいじょうぶ！」

とまどう私が見えているのか見えていないのか、父がつけくわえた。
「財布は、持っていったほうがいいぞ。離島では、まだまだキャッシュレス決済できないところが多いからな」
「お父さん、たまにはいいこと言う。ということで、これ手間賃」
　母は、そう言いながら私に１万円札を差し出した。
「手間賃？」
「そう、手間賃。さっきの電話でも分かる通り、淳奈、すごいのんべえなのよ。一人暮らしで飲むお酒の量増えてないか心配でね。泊まっている間、１日どのくらい飲んでるか数えてきて」
「そうそう、熱海でも俺より飲んでたもんなあ。というわけで、おかわり！」
「どういうわけよ。お酒は、これでおしまい。お父さんも、もうちょっと減らしてよね」
「ええっ、つまんないの」
　こうして私は週末、奄美大島にある鹿児島県宇検村（うけんそん）に向かうことになった。遠くに……行くんだ！

「あ、奄美に行く前に美容院、行っときなさいね。またカリフラワーみたいになってるんだから」
　カ、カリフラワー、まずは人間に……なれるかな。

## 人間に戻る、きっと戻る

　寒い。ひさしぶりに外に出ると、季節は進んでいた。全身の骨が寒さを受け止めてくれたからか凍死せずに済んだが、とにかく寒い。
　「もっと厚いコート、着ていく？」と言って母から手渡されたまるで北極に着ていくようなコートを着て、美容室に向かうことにした。
　今は３時、通うべき中学の下校時刻は、３時半。だから、同級生に会うはずはない。近所の人に「どうしたの？」と声をかけられたら、「早退です」と言って家に帰るふりをすればいいだろう。毎日みんなつけているから私もつけているだけだが、マスクをしていて「早退です」と言ったら説得力抜群だ。そんなことを思いながらバス停に着くと、あっという間にバスが来て、そこからバスと赤くない赤電を乗り継いで、初めて行く町の初めて行く美容室に向かった。

　「あら、いいじゃない。肩にかかるくらいまでにしてもらったのね。どうだった？　美容室？」
　無造作に髪に指を入れる母を背に、私は答えた。
　「緊張した」
　美容室に行くことすら、簡単にできないのか。母が残念に思う気持ちが、背中から伝わってくる気がする。

「あっ、で、でも、いい人だったよ。美容師さん。美容院、ざわざわしたり、シャンプーとかいろいろにおいが苦手で、だから自分で美容室つくったんだって。いまは自分のお店に同級生、あ、美容師の学校の同級生に髪切りにきてもらってるって言ってた。ハンモック、ＳＮＳに載ってたの、あれは休憩用で、お客さん来ないときはあれの上で寝てるんだって。ゆらゆら揺れてると、子宮の中にいたときを思い出すって。あと、あと、深海が好きで、月に１度は深海魚の水族館に行って、おうちも深海をイメージして模様替えしたら、あちこちに足ぶつけるようになったんだって。あ、や、でも、いい人ですごく優しくて。ゆっくり切ってくれて、シャンプーもしてもらった。あ、シャンプー代はタダ、じゃなくて恩送りチケットでお金いらなかった。アイドルとか女優さんとか有名な人来て、ほらプライベートサロンだから髪型変えてもよその人に知られないし、美容師さん全然芸能界に興味がなくて、誰が来てもＳＮＳにあげないし、サインももらわないけど、かわりに恩送りチケットで学生のシャンプー代は立て替えてもらえるようにお願いするんだって」

「えんちゃんって、不思議な人が好きなの？」

母よ、なぜにそうなる。

「なら、淳奈とでも安心かな。淳奈も、たいがい不思議だよ。なにせ毎日ナース服着たくて、看護師になる人だ

しね」
　それはたしかに、不思議だ。
「お母さんがね。あ、おばあちゃんが双子の私と淳奈を入れたらおもしろいんじゃないかって劇団に入れて、ほんと双子なんだと思ってるんだろうね、そしたら劇団の代表がおもしろがって、中学のころだったかな、私が患者、淳奈が医者の台本あてがきしてくれて、まあ医者と患者が同じ顔っておもしろかったけど、そしたらそこで淳奈がナース服にはまって、ああ淳奈は医者と看護師とひとり二役だったのよね。それで今は看護師。だから今も毎日コスプレしてるようなものじゃないかな。仕事はきちんとしてるんだろうけど」
　中学のときに、おばさんは看護師になるきっかけをつかんだ。いまの自分との落差に、神妙な気持ちになった。
「淳奈、えんちゃん来るって、聞いてすごく楽しみにしてたよ。コロナのワクチン受けた？　アレルギーない？　嫌いな食べ物ない？　って、いや、これはただの職業病か」
「うん、ない、嫌いな食べ物」
「それだけが、えんのいいとこよね。アレルギーは花粉と、ハウスダストもって書いとこうか。そしたら、少しは掃除するだろうし」
「アレルギーは、花粉だけ。ウソは、よくないと思う」
「ウソも方便って、言うじゃない。名古屋に住んでたと

き行ったけど、淳奈の部屋ぐじゃぐじゃだったよ。そういや、あの子も海とか魚とか好きで年パスあるからって、水族館連れてかれたなー。私は持ってないのに」
「お父さんとけんかして、家飛び出してったときだよね」
「そういう余計なことは、覚えてなくていいの。さ、そろそろ寝る時間ね。奄美行く日は、朝早いんでしょ。早く寝て早く起きる癖つけること。それから、準備は今からしとくのよ。淳奈住んでる村には、コンビニもスーパーもドラッグストアもないんだから、忘れ物、絶対ないように。あと、たまには湯船につかんなさいね」
　私は何も言わず、部屋を出た。できることなら、今すぐ家を飛び出したい気分だった。


## 遠くに行くということ

　普通の中学生がとうに学校に集約され、凍死せずに済みそうなあたたかさになったところで、私は家を出た。今日の目的地は、大阪にあるフェリーターミナル。まず、そこでフェリーに乗って鹿児島に向かう。そして翌日、鹿児島からフェリーに乗って奄美に向かうのだ。
　バスに、そして豊橋行の電車に乗る。なんてことはない。「電車に乗る練習も必要だから」という理由で企画された家族旅行と、まったく同じルート。豊橋で大垣行の電車に乗り換え、そこでいよいよ「遠くに行くんだ」

という実感がわいてきて、そして腹の中の龍はうごめきだした。龍が息を吐きだす前に、電車内のトイレへと向かう。「もし私が入っている間にトイレの前で待っている人がいたら」と思うとおなかが痛くなるが、ここでは「いつまで入っているの」「まだ出ないの」と言われることなく、前に進む。名古屋を過ぎ、岐阜県に入る。そこからは、楽しかった。名古屋と、岐阜はこんなに近いんだ！　関ヶ原の戦い、ここでやったんだ！　女性専用車なんて、あるんだ！　地下鉄に、それも地上を走る地下鉄に生まれてはじめて乗った！　出発を告げる船のドラに、胸が高鳴った！　楽しいと思えたのは、そこまでだった。船に酔った。

　朝に食べたパン、昼に食べたおにぎり、出航前にフェリーで食べたうどん、口からとりこんだアクリル板のほぼほぼすべてを吐いて、最後には私が船から吐き出された。

　絶対酔う、絶対酔う、絶対酔う。そう思いながらお昼と晩はしかたなく食べ、奄美に向かう船に乗り込んだ。
「本日しけのため、船室から出ないようにお願いいたします」

　部屋の中で、吐きつくしてもいいのだろうか。私にそんなことができるはずもなく、よろよろとトイレに向かい、昼と晩に食べたものと、この日とりこんだアクリル板と、前日吐けなかったものを吐いて、吐いて、吐きつ

くして、それでも吐いて、やはり最後には私が船から吐き出された。
　これが、遠くに行くということなのだ。

## ウソつき、ウソつき、ウソつき

「だいじょうぶですか」
「だいじょうぶですか」
　2度答えられずにいると、「救護」という腕章をつけた女性の方が私の前に飛んできた。大変なことになってしまった。船を降りて、待合室にあるいすに腰掛けるまであった空元気が、「だいじょうぶですか」と聞かれたときにもあればよかった。
「行きましょうか？　あ、事務室に、です。いすに座っているより、事務室のベッドで横になったほうがずっとラクですよ。立てる？」
「はい！」と精いっぱい答えられたのは、単に空元気があったから。そのことを察した「救護」の女性は、私のボストンバッグを持ち、ごくしぜんと手をつないで事務室があるという方向に向かった。
「さあ、横になって」ベッドに腰掛けると、「救護」の女性は手を添え、私の身体を横にした。母より少し若く見える。小さい子どもの子育て中なのだろうか。手つきがあまりにもしぜんで、思わず身を任せたくなる。

「はい、お水どうぞ」　自販機で買ったばかりと言われても納得の５００のペットボトルを手渡されるが、それは申し訳ない。
「お金、お金払います！」
「いいよー、これは私の気持ち。受け取って。しけで１時間遅れ。たいへんだったね。だいぶ酔っちゃった？」
「はい」
「そっかー、じゃあ、しっかり飲んで！　高校生？」
　そう言われて私は、我に返った。そうだ、私は中学生。ここでもし正直にそう答えれば、補導されてもおかしくない。心が痛むが、ここはウソをつかせていただこう。
「はい」
「帰り？　おうちは、どこ？」
　そ、そういや思わず目をそらしてしまったが、昨夜フェリーの中でジャージ姿の高校生っぽいグループ見たな。島の外の高校に通っていて、週末に帰ってくる。そういうことが、ありえるんだ。おうち、おばさんの家もおうちはおうち、家族のおうち。高校生といい、おうちといい、補導されないためになんと便利なワードなのだ。
「湯湾です、宇検村の」
「へえ、わたし、石良。もう何年も帰ってないけど」
　どこか事務的にも思える「救護」の人の口調が、急に親しい人に向けるものに変わった気がした。いしら、どこにあるのかも、どんな漢字を書くかも分からないけど、

湯湾から近い……のだろうか。
「どこかで、会ってるかもしれないね」
「いや、来たの、５年前なので」
　しまった、空気がよどんだ。どうせウソをつくなら、話が合わせられるウソをつけばよかった。
「そっか、島に来てくれてうれしい。何時のバスに乗るの？」
「え、あ、お、お昼を湯湾で食べることになってて」
「お昼？　お昼なら１０時半のバスでも間に合うね。少し休んだら？　いま、毛布持ってくる」
「お、お仕事……」
「これも、立派なお仕事」
　心配する私をいたわるかのように、救護の女性にトントンと背中をたたかれると力が抜け、私は深く眠ってしまった。目覚めたら、も、もう９時……。
「おくすり、飲んでおこうか？」
　まるで自分の子どもに話しかけるようにそう声をかけられてとまどっていると、救護の女性は思い直したように言った。
「こ、高校生だし、もう自分が飲んでもいい薬、飲んではいけない薬、判断できるよね」
　そうだ、今ここでは私は高校生。
「酔い止め、持ってる？　バスに乗るなら、飲んでおいた方がいいんじゃないかと思って。どうぞ」

ほしいともいらないとも言えないでいると、救護の女性は箱から出して、酔い止めを1粒、そっと私に手渡してくれた。
「あ、ありがとうございます」
「あと、タクシーで行った方がいいんじゃないかな。その荷物だと、バス停に行くまで、たいへんじゃない？」
　バ、バス停まで、そんなに遠いの！
「タクシー会社、電話しよっか？」
「じ、自分でします」
「そう？　そっか、高校生だもんね。じゃあ、これがタクシー会社の案内とバスの時刻表。もう持ってるかもだけど、ほら去年ダイヤ変わってるから」
「は、はい」
　なんだか急に親切にされるのが怖くなってきて、「朝ごはんは、ひとりで食べたいから」と言って事務室を出た。南の島に来たはずなのに、海から吹いてくる風は冷たかった。


## そして、泥棒

　ここが「遠く」と言えども酔い止めを飲んでしまえば、そしておなかが痛くならなければ、旅は「ごく普通の」旅になる。普通、ありがたい。普通にタクシーに乗ってバス停近くのホテルに着き、そこから普通のバスに乗っ

て、新村という浜松でも名前を聞く場所へ向かった。ここの来る前、父が「世界自然遺産だぞ、自然だぞ、田舎だぞ」と脅すかのように言っていたけれど、なんというかちょっと自然豊かなだけで普通じゃないか、という思いは、新村で断ち切られた。甘かった。

　バスを降りるとすぐ、ただ何人かが乗れるだけの車がバスの時刻表より少し遅れてやってきた。
「湯湾・宇検方面です」
「乗らないの？」
運転手は、まるで私が以前からの知り合いであるかのように声をかける。こ、これはバス？
「どこ行くの？」
「湯湾です」
「湯湾？　湯湾地内には、バス停3つあるよ。湯湾のどこに？」
「え、あ、こ、この食堂に」
おばさんから、出発前に、お昼はおばさんちの近くの食堂に行くといいよとメールをもらっていた。そのメールを見た、運転手はうなった。
「不定休だよね？　今日あいてるかな？　待ってて。電話したげるよ」
私がお願いするより先に、父よりやや年上であろう運転手は電話をかけ、話し始めた。
「もしもし、いま乗せたお客さん、これからそちらに行

きたいと言ってて。今日、開けてるのね」
　そう言ったかと思うと、運転手はくるりと私のほうを振り向いた。
「あなた、岡崎さんのめいっ子さん？」
「は、はい」
　そうか、おばさんの名前もお母さんと同じ安倍だと漠然と思っていたけど、そんなわけない、岡崎。私が答えると、運転手は運転席の方へくるりと向き直り会話を続けた。
「調子？　まずまずだね。そっちも、たいへんだよね。また、そのうち寄らせてもらうよ」
「雑談？　仕事中に？」と思い始めたところで、運転手は電話を切った。
「開いてる。ていうか、予約入ってるって」
　おばさんが、予約を取っておいてくれたのか。
「お店のそばで止めてあげるよ。じゃあ、出発しまーす」
　これ、ほんとにバス……なのか。見た目、バスっぽくないし、車内アナウンスはない。乗客は、私ひとり。停留所に停まる様子もない。もしかして、間違えてタクシーに乗った？　料金払える？　なぜ食堂に電話かけてくれたんだろう？　そういや、救護の女性もタクシー会社に電話しようとしてくれてた？　なんで、みんな、そんなに優しいの？　いや、私を一刻も早くほかの人に投げ飛ばしたいだけ？　電話、怖くないの？　私を見て、

どう思った？　なんか、怖い。全部怖い。人間、怖い。人間、怖い。

　乗ったときにはなかったはずのアクリル板が、一気に私をハチの巣状に取り囲んだかと思うと、そのハチの巣はどんどん縮み、私の身体にせまってきた。怖い、怖い、怖い。ギュッと目を閉じると、バス（？）は止まった。
「時間調整でーす。乗りそうな人いなくて、停留所、全部ぶっ飛ばしてきちゃったからさ」
　そ、そうか、時間調整。「は、浜松でも、たまにそういうことあるもんな」と思って、なんとか自分を落ち着かせようとする。
「今日も、海、きれいだねえ。こっから、クジラ見えないなあ」
　ク、ク、クジラ……？　いまクジラって言った？　クジラ？
「いや、分かってるよ。沖まで行かないと、見られないって。でも、バスに乗ってると、船に乗って見に行く暇ないんだよね」
「うまいこと、言った！」と思ったのか、運転手は「ハーッ、ハッ、ハッ、ハッ」と機嫌よく笑い始めた。
「遠くをぼーっと見てると、いいよ。いい。視力上がるよ。すぐ２．０になるよ、ハーッ、ハッ、ハッ、ハッ」と笑いながら、運転手は再びハンドルを握った。
　そんなに急に視力が変わったら困るだろなと思いつつ、

窓の外を見てみる。
　たしかに、海も緑もきれいだと思ったら、向かいから車が通った。海と森を縫うためだけに通されたのではないかと思えてくるこの道路にも、人や車が通っている。自分が進む先にも生活があると思うと、なんだかホッとした。そ、そうだよね。行くのは村だもんね。人類未到の地ではないもんね。
「そこが、食堂」
　本当にバス停がないところでバスは止まり、私は運賃を現金で払ってバスを降りた。
　浜松を出て５０時間、私はようやく、ようやく宇検村にたどりついた。

　１２月をとうに過ぎていて、いまは間違いなく冬。でも、暑い……よね。
　今日は仕事で案内できないというおばさんにあらかじめ教えてもらって入った食堂の温度計は、ゆうに２０度を超えていた。まるで南国に、海外に来たみたい。来るまで２日かかったし。
「これ、おまけ。たんかんのジュース」
お店のご主人だろう、初老の男性が食後にジュースを出してくれた。
「あ、ありがとうございます」
たんかん、みかんより濃いオレンジのたんかん。

「おいしいです」
「そう。高校生？　冬休み？」
　ご主人の何気ない質問に、私は思わず身構えた。きっとフレンドリーに接してくれているのだ、頭ではわかる。でも、私は高校生でもない。冬休みでもない。私は中学生で、ちゃんと学校に通っていれば、いまは４時間目の授業を受けているはずだ。
「ええ」
　思わずウソをつく。悪気はない。誰かを困らせることも、た、たぶんない。でも、こんなところで、こんなにフレンドリーに接してくれるご主人にウソをついてしまう自分が情けない。食堂を出てどこか出歩けば、また今のご主人のように聞かれるだろうか。ウソをつかないといけなくなるだろうか。
　とりあえず、おばさんの家に荷物を置こう。長旅で出発時より重く感じられるようになった荷物を引きずり、アパート２階にあるおばさんの部屋にたどり着いた。鍵は、開いていた。すでに泥棒が「仕事」を済ませた後だった。

## 真相

　部屋は、すでに物色された後だった。目に入るすべての棚、たんす、衣装ケースは開け放たれ、中には半袖シャツが半分だけ出た衣装ケースもある。財布からは紙

幣が抜き取られ、あらぬところに転げている。思えば、玄関に入る前からイヤな予感がしていた。犯人がまだ近くにいないことを祈りつつおそるおそる玄関を開けると、キャベツやら何やら野菜が入った大きなレジ袋が転げている。犯人はおそらくまず財布から紙幣とカードを抜き取り、家じゅうの棚という棚を物色、最後野菜が入ったレジ袋を持って逃げようとしたものの、あまりの重さに耐えかねて玄関に置いて逃走、といったところだろう。

　では、この事件の発端となったのは誰か？　まぎれもなく私だ。もし私が入るためにおばさんがカギを開けっ放しにしておかなければ、私が来なければ、私が遠くに行きたいと言わなければ、こんなことにはならなかった。あまりに、あまりに申し訳ない。おばさんが帰ってきたらまずは現場検証、次に事情聴取。おばさんは、私の相手どころではない。私は「返品」されて、あえなく旅は終わる。すべてが、すべてが、終わるのだ。

「ただいま」
「えんちゃん？」
顔に涙がつたったまでは記憶にあるが、どうやらその後気を失っていたらしい。気づけば、19時帰宅予定のおばさんの姿がそこにあった。犯人が置いていった野菜が入ったレジ袋を、手に持っていった。
つ、伝えなきゃ。

「あ、や、や、やられました」
「え？　どこを？」
慌てたおばさんは、何をやられたと思ったのか躊躇なく私の服をめくって身体をのぞいたかと思うと、今度はズボンに手をかけた。
「あ、あの、泥棒です。泥棒」
「泥棒？」
「財布が、そこに」
財布の方を指さすと、おばさんの顔がぱあっと晴れわたった。
「ここだったのか！　ないなと思ってたのよ。見つけてくれてありがとう」
「お札が」
「お札？　入れてないよ。最近はなんでもスマホでピッ！で済んじゃうからね。あとおろそうと思ったら、すぐそこの信金でおろせるし」
「カード」
「それは、ここにある」と言っておばさんは、腰に巻いているショルダーバッグをポンポンとたたいてみせた。
も、もしかして泥棒に入られていない？　それはそれで、まずい。ただ散らかっただけの部屋を、泥棒に入られたと勘違いしていただけ……そんなことがバレたら、それこそ「返品」だ。
「おお、ちゃんと刺し身にしてくれてる。ラッキー」

いつの間にかおばさんは冷蔵庫から刺し身を取り出し、満足そうにしている。
「来るよー、来るよー、かわいい姪っ子来るよーって話しておいたら、黄本っちが刺し身入れておいてくれたの。これ、とれたてだ、おいしいよー。こっちは、けさ子姉から、たぶん」
私のせいで泥棒が持ち出したと思っていた袋は、私が来るということでけさ子姉という人がくれたものだったらしい。
「あ、もしかして、ずっと泥棒に入られたと思ってた?」
こ、この状況でそうだとは言えない。
「ずっと、怖かったよねー。お茶どうぞ」
思わず遠慮する私に、おばさんは続けた。
「さあ、グイっと」
グイっと、こ、これがのんべえのセリフ……なのか?
冷たいお茶がのどにすっと入るだけで、なんだか少し落ち着ける気がする。
「えんちゃんが暮らしている静岡は、お茶どころっていうでしょう? でも、実はお茶の生産量日本一は、ここ鹿児島県なの。日本一お茶を作っているところで、お茶を飲む。それだけで、来たかいあるねえ」
そう、なのかな。遠くに来たけど自分は1ミリも変われていないと焦っていた私に、その言葉は少しだけ響いた。

「はい、これから晩御飯！　少し手伝って！」
おばさんは不意にぽんと手をただいて、配膳を始めた。


## 水族館沼

　おばさんが買ってきたお寿司と角煮にくわえ、冷蔵庫に入れられていた刺し身も並んだ食卓で、夕食は始まった。おばさんと２人、黙食の方がいいんだろうか。無言で手を合わせて、食べ物を口に運んだ。
　気まずい。
　ずっと食事はひとりか家族とかで、黙食の経験ゼロ。食事中にしゃべっちゃいけないってだけで、こんなに食べ物がのどを通らないんだ。おばさん、絶対「うち、そんなに散らかってる？　泥棒に入られたと勘違いするくらいに？？」って思ってるよね。泥棒には入られていなかったけど、こんな私「返品」だよね。フェリーで、うちに逆戻り。また、吐いちゃうんだろうなあ。
「あ、しゃべっていいよ！　私たちは『家族』なんだし。さっきは、ごめんね。急に服めくっちゃって。やられたって聞いたから、何かに刺されたのかと思って。でも、頭いいね。もし本当に泥棒に入られたのなら、現場保存しとかないといけないしね。財布、そのままの場所に置いといて大正解！」
　ほめられることが斜め上過ぎて、ちっともうれしくな

かった。
「すみません、もう忘れてください」
「分かった、忘れる!」
そ、そんなに急に忘れられるものなのか。
「ところで、お寿司、好きじゃなかった?」
「そ、そんなことないです」
「じゃあ、おなかいっぱいとか?」
「そ、そんなこともないです」
「ならいいけど、浮かないというかなんかつらそうな顔してるから。職業柄、顔色どうしても気になっちゃって」
「すみません、今日は食べて寝てばっかりで」
　振り返れば振り返るほど、情けなかった。今日はフェリーを降りて少し寝てバスに乗り、盛大な勘違いをしてフリーズ。赤ちゃん……は言いすぎだが、こんなの小学校に入ったばかりの小さな子どもでもできる。
「このご時世、食べて寝られたら100点満点!」
　食は細いし、夜はもうずっと熟睡できていない。情けない、情けない、情けない。
「どした?」
「すみません、何も考えられなくて……決めないといけないですよね、明日の予定」
「よっぽど、長旅で疲れたのね。明日の予定は考えなくてだいじょうぶよ。私がばっちり案内するから。まずは、

ここ行こ！」
　そう言うと、おばさんはかばんから無造作にチラシを取り出した。私は、目を疑った。そのチラシには、「世界自然遺産にきっと日本でいちばん近い高校・宇検高校６次産業コース学校説明会」と書かれていた。

「学校説明会……ですか」
「そう、うちのすぐ近くにある高校。いっしょに行こ！おさかな、見れる！」
私はうつむいた。遠くまで来て、まさか近い将来について考えることになるとは思わなかった。
「お母さんに聞いてるんですね。私が学校に……行ってないこと」
「え？　聞いてない。安奈とは、ああ、えんちゃんのお母さんとはあの電話以来話してないし」。
今度は、耳を疑った。ならば、なぜ高校の説明会に？いや、その前に来るぞ。「どうして行かないの？」「学校行かずに家でなにしてるの？」「将来どうするの？」という質問が。私は身がまえた。

　おばさんは……大きく口を開けそこにお寿司を放り込んだ。おいしそうに、よくかんで食べている。これも、職業柄だろうか。
「角煮、最後のひとつ、もらっていい？」

そう言うとおばさんは、また大きく口を開け今度は角煮を放り込んだ。
　なんで、おばさんは質問の槍を降らさないんだろうか。そうか、遠くに住んでいて、ここまで会ってない人だと私が学校に行ってなくても「関係ない」のか。じゃあ、どうして高校説明会に行きたいんだろう。聞いてみるしか……ないか。

「じゃあ、なんで学校説明会に？」
「おさかなだよ、お・さ・か・な！　校内に水族館があってね、いろんなお魚展示してるんだって！　でも、このご時世、学校にはなかなか入れない。そこで、私は考えた！　学校説明会に中学生の保護者役で潜入！　そうすれば、何の気兼ねもなく、おさかなが見れる！」
「保護者役？」
「そう、保護者役。えんちゃんは、中学生役ね。よろしく！」
　私は、丸い目をさらに丸くした。
　言われてみれば、おばさんは私のお母さんと同い年なのに、子どもはおろか結婚相手もいない。でも、「どうして結婚してないんですか？」なんて聞いてもいいものなんだろうか。いいわけ……ないよね。でも、気になる。
「あの、おばさんは、結婚したり子育てしたり、そうい

うことに縁はなかったんですか？」
　縁という自分の名前にちなんだ言葉を使えば、なぜだか許される気がした。
「あったわよ、５年前まではね」
「５年前まで」
「そう、５年前まで。私、昔は名古屋で看護師しててね。そのとき、マッチングアプリ、ああ、結婚したい人と知り合えるアプリがあるんだけど、それで出会って彼氏がいたよ。３年くらいつきあって、結婚意識してた」
　なら、なぜ……。
「ところがね。５年前の今くらいだったかな。彼に呼び出されて、『結婚する！』って」
「しよう……じゃなくて」
「そう、しようじゃなくて。二股かけられてたの」
　なんという展開。
「正直気づいてた。そのうち私のもとに戻ってくるだろうって、思ってた。けど、彼は羽ばたいていってしまった」
「羽ばたいて」
「そう、で、私も『羽ばたいてやる！』と思ってきたのが奄美」
「傷心旅行」
「そう、でも旅行に来ても傷は簡単には癒えないのよ。

冬でもこんなに暑い奄美に来たら彼はどう思うだろうとか、彼ならこの食堂でなに頼むだろうとか」
「3年も付き合ってたんですもんね」
「そう、夜なんか泣けて泣けて眠れなかった」
言葉が出なかった。二股かけられて、突然別れを告げられて、遠くへ行く。私なら、きっと楽しくは過ごせない。
「それでね、星を見に行くことにしたの。きれいだった」
「冬は、特に星がきれいって言いますもんね」
「そうそう、えんちゃん、頭いい！ きれいな星を見て思ったの。男は、この世に星の数ほどいる。でも、ここで見る星はどの男よりも輝いているって。そう思ったらなんか元気出てきて、それで名古屋に戻ったの」
「よかったですね、元気になって」
「それがね、よくなかったのよ」
「どうして……ですか？」
「名古屋に帰ったらね、星が見えなかったの」
「ああ」
「それで、まあ契約年内いっぱいだったし、名古屋の病院は卒業して、次の年から奄美！」
「それで、ここに」
「そうそう。ね、ここまで話したからには、行ってくれるよね、えんちゃん！」
「そ、それは」

「もしかして、もう行きたい高校決まってる？」
槍は、ここで来るのか。私は肩をすぼめた。
「ない……です」
私は、身構えた。槍はきっと、続けざまに飛んでくる。
「へえ、じゃあ看護学校行くとか？」
槍は、斜め上から飛んでくることもあるんだなと思った。私とおばさんの間には、おばさんの職場にもきっとたくさんあるアクリル板がたくさん出てきて、閉じ込められるような、自分で自分を閉じ込めるような気がした。
「そういうことでもないです。すみません」

「高校……行ったほうがいいですよね」
「知らなあい、わたし高校行ってないもん。いや、待てよ。看護高等学校も高校のうちに入るのか」
「高校に行くなんて、想像できないんです」
自分で言っていて、情けない。でも、とてもじゃないが高校なんて行けない。勉強できない、朝起きられない、お風呂はどうにか３日に１回。人間、怖い。学校、怖い。社会が、怖い。そんな普通じゃない自分が、いちばん怖い。
「別に中学行かずに高校行ってる人なんて、この島で暮らしてる人よりずっとずっと多いんじゃないの。ああ、この島に何人住んでるのか知らないけど」
知らないの、学校に行けるかよりむしろ島の人口なのね。

「説明聞きにいくだけでいいから、行ってみようよ。そして、おさかなを見る！　10時からでそんなに朝早くないし、なんなら朝起こしてあげるし」
「こういうのって事前に申し込みが必要ですよね」
「いらない、いらない、事前申し込み不要って大きく書いてあるじゃん」
「あと、あと、高校の説明会って中学の制服着ていかないとダメですよね」
「制服？　いらない、いらない。わざわざ内地から、制服持ってくる人なんていないでしょ」
そ、そうなのか。お、落ち着いて考えよう。おばさんは、水族館が好き。劇団にいたこともあるから、保護者役というのも違和感がないのか……ちょっと、話しが出来過ぎやしないだろうか。まさか、劇団にいた母の脚本による芝居？　「6次産業コースは、全国から受験可能！」とチラシにあるが、これ、結局、高校に行けと言われることになるんじゃ？　でも、なぜ奄美の高校に？　奄美なら行けると思った？　でも、おばさん、母と電話したのは1回だけと言っていたな。ということは、あとはメッセージでのやり取り？　おばさん、あっさりおねだりしていたお酒、断られていたけど、それでも母の言うこと聞くんだろうか？　姉妹、だから？？

「とりあえず、食事済ませちゃおうか。刺し身だけでも、

食べちゃおう？　はい、あーん」
思わず口を開けた私の歯の裏に、おばさんは刺し身を入れた。小さい頃のお母さんみたいに。

　母は、小さい頃は全身で「好き」を伝えてくれるお母さんだった。食が細い私に、よくこんなふうに食べさせてくれたっけ。お母さんに甘えたくて、小学生になってから、食べさせてもらうようせがんだこともある。嫌がらず、根気よく付き合ってくれたな。

　そんなお母さんが変わってしまったのは、私が中学に行けなくなってからだった。まず、枕元にある本が変わった。小説が「不登校」「思春期」の本に変わったのに気づいたときは、胸が痛んだ。やがて、そこに「発達障害」の本が加わる。そして、まるでクイズやゲームばかりの検査を受けてからは、どうやら私には障害はないということになったのか、本は「ひきこもり」「親亡き後」を取り上げたものに変わった。それらの本を見るたびに私は魂を吸われて、ベッドに倒れ込んだ。このままでは、ダメなのだ。母のためにも、私が変わらなければ！！！

「おいしい？」

「は、恥ずかしいです」

おいしいのに、素直にそう言えない自分がもどかしい。

「そう？　誰も見てないよ、だーれも。別に急いでいるわけじゃないから、味わって食べて。じゃあ、最後の刺

し身、食べちゃおう。もっと口は大きく開けられるといいな。はい、あーーーん」
　大きく口を開けるおばさんにつられて口を開けると、おばさんはゆっくり歯の裏に刺し身を入れてくれた。おいしい、顔がにやけてしまう。
「おいしいよね！　水族館に行ったらね、おいしいお魚、いーっぱい見られるよ！　いーっぱい！」
　おいしい魚を見るなら、魚屋に行った方がよくないだろうか。ないのか、村に魚屋？
「ほんとに、魚を見たいだけなんですか？」
「そだよ、さっきからそう言ってるじゃん！　あ、でも、本音を言うと」
　言うと……。
「ハブも見たい！」
　…………いや、見たい生き物が増えるだけかい！　ハブってたしか毒があるはずだけど、そんなに気軽に見れるものなのだろうか。
「学校があるとこ、昔は村役場でね。その名残で、今でもハブ小屋、学校の中にあるの。見れるよ、ハブ！」
　まだお酒は飲んでいないはずなのに、きっとハブ、ヘビのようなうねうねした動きをして、おばさんはおどけてみせた。
　断る理由はどんどんなくなっていくが、外堀を埋められるような、な感じがしない。おばさんは、ほんとにた

だ1回中学生の保護者役を演じて、校内の水族館を見に行ってみたいだけなのだ。私の将来を心配して行くのでもなく、高校は通わないといけないからではなく、ただすこしフォーマルな服を着て堂々と高校に入り、ちょこんと座って説明を受けて、水族館を満喫して帰る。ほんとに、ほんとに、ただそれだけのことがしたいのだ。頭では、そのことが理解できた。でも、なかなか首を縦に振ることはできなかった。
「ねえ、行こうよお。さかな、さかな、おさかな！　学校って言うけど、役所だった建物を建て増しして使ってるから、あんまり学校ぽくないらしいよ。黄本っちが言ってた。ね、ね、終わったらちょっといい昼ご飯ごちそうするからさ。あと、ついでにといってはなんだけどマングローブ林をカヌーでめぐるツアーにも行くからさ。ね？　行こうよお？」
おばさんは、小さな子どもが駄々をこねるように甘えた声で訴えかけてきた。
「ほんとに、さかな見たいだけなんですよね？」
「だっかあ、さっきからそう言ってるじゃん」

そして、小さい子どものようにむくれた。
「そ、それなら、泊めていただいて、お世話になっているので、おつきあいします」
「ほんと？　ほんとに！？　やったあ！」

「やった、やった」と無邪気に喜ぶおばさんはまるで小学生のようで、ほんとに「おさかな！」のことしか考えていないと実感させられた。明日は、もしかして私が引率することになるんだろうか。そ、それはないよね。

## しばしのリラックス

「よし、じゃあ、これからリラックスターイム！」
「ああ、お酒飲まれるんですね」
　私は、食事中おばさんがお酒を飲まれていないのに気づいていた。きっと、私に気をつかってくれていたのだろう。
「そうよ、ＤＶＤを見ながらね。あ、えんちゃんもいっしょに見る？　見れば今日観光できなかったぶん、取り返せるわよ」
どういうことだろう。
私はやきもきしながら、お酒を用意するおばさんをしばし眺めることになった。

「さあ、レッツ奄美！　冬の景色は明日見れるから、今はこれよね！」
　小さな部屋に不釣り合いではないかと思えるくらい大きなテレビで、上映会は始まった。

DVD『新版　奄美の四季　夏編』

　その名の通り、奄美大島の夏を切り取ったDVDで、ナレーションはなくただひたすら奄美の夏が、夏の山が、夏の海が、夏の川が、夏祭りが、そして八月踊りが流れ続けた。
　お酒を飲んでおしゃべりになったおばさんは、「ここは、うちの近く！」「絶景だけど、クライマーでないとたどりつけないのよね」「ここは、生で見たほうがずっときれい！」などときどき解説してくれながら、また「滝汁！」とか「癒される！」とか「癒されるぅ！」とか声をあげながら、実に楽しそうにDVDを見ていた。最後の八月踊りのシーンで、いまにも踊りだすのではないかと思うほど興奮しながら見ていた
「ばっちり観光できたね、えんちゃん！」
「光を観る」と書いて観光、それならたしかにここでもできるなと思った。「でも、それって浜松でもできるし、ここでやる意味ってないんじゃ」とはさすがに言えない。
「もしかして、DVDの内容全部覚えてるんですか？」
「まあ、だいたいね。数えてないけど、１００回は見てるだろうし」
私が不思議そうな顔をしていると思ってか、おばさんは話を続けた。
「見るたびに発見があるの。いつもお酒飲んで見てるか

ら、前に発見したこと忘れてるだけかもしれないけどね。ああ、見てるのこれだけじゃないよ。」
「よいしょ」と言っておばさんが取り出したラックの中からは、『新版　奄美の四季』のほか『奄美の四季』『奄美の歴史と文化』といったDVDが出てきた。
「わあ、いっぱい！」
「それでもって、最近のお気に入りはこれ！」
いつの間にか、おばさんはうれしそうに『新奄美大発見！〜「西郷どん」ゆかりの地、そして美しい教会〜』と『奄美で食べつくす！』というDVDを持っていた。
「奄美で食べつくす？」
「そう、これ飲食店を紹介するDVDだと思うでしょ？まあ、飲食店も紹介されるんだけど、これはほんとにいい意味で期待を裏切られる傑作！　ごく普通のおうちのごはんも出てくれば、コンビニごはんも出てくる。あと、魚やアマミノクロウサギの食事シーンも出てくる」
「アマミノクロウサギ、図鑑で見たことがあります」
「あれ、夜行性でね。奄美に住んでても、めったに出会えないのよ」
「へえ」
「でも、これになら いつでも会える！」
今度はテレビのそばに置いてあったアマミノクロウサギのぬいぐるみを持って「エンチャンコンバンハ、ワタシガアマミノクロウサギ。ヨロシクネ」と語りかけてきた

おばさん。ここで裏声を使うというのが、ちょっとおかしい。人はお酒を飲むと、こうも陽気になれるものなのか。
「さあ、いつもならここでお酒もDVDももう一本ということこだけど、今日は寝るか。いや、その前にスーツの準備か。ズボン入るよね？　入らなかったら、いやいや、入る、入る、今日は1杯しか飲んでないから。えんちゃん、お風呂先に入ってて！」

　朝バスの中で寝てて、昼ここで寝てたから当たり前だが、寝つけなかった。「明日は、高校の説明会」と思うと、ますます眠れなくなる。一睡もできずに説明会に突入だろうか、ダメだなあ、私。

「えーんちゃん、眠れない？」
布団に入ったおばさんが、声をかけてくれた。
「はい、すみません」
「そっか、明日アクセサリーってつけていってもいいのかなあ？」
な、なんとお気楽な！
「ど、どうでしょう？　中学生は、こういうときは華美な服装はダメって言いますよね」
「う〜ん、じゃあ、なしで行くか。ねえ、ハロウィンでは何か変装した？」

ハロウィンでするのは変装ではなく、仮装ではなかろうか。いや、あんまり変わらないか。
「してないです」
「そっかあ、じゃあ、明日が今年初ハロウィンだね」
ハロウィン？ 説明会の後に何か仮装するイベントに行くんだろうか？

　いやいや、明日は高校の説明会に行くんじゃない。ちょっと時期が遅いハロウィン、地味ハロウィン。おばさんはちょっとフォーマルな服装で、私は中学生らしい服装で、会場に向かう。そうだ、明日はハロウィンなのだ。
　そんなおばさんとの会話からは、本当にハロウィン会場に行くように思えた。そう、明日は、ハロウィンなのだ！

　出陣！

　起きると9時を回っていたが、おばさんはまだ横で眠っていた。
「9時、過ぎてますよ」と言っても目覚めないので耳元で「おさかな」とささやくと、おばさんはまるでアニメのワンシーンのように飛び起きた。おばさんにとって、「おさかな」っていったい何なんだ！

そしておばさんの家から車で5分もかからないうちに、高校に着いた。
「世界遺産に近い高校ってチラシにありましたけど、どれ……ですか？　校舎の奥、山みたいですけど」
「世界遺産じゃなくて、世界自然遺産ね。そんでもって、あの校舎の奥に見える山！　あの中腹以降が世界自然遺産！」
私は、驚いた。なんなら、高校の敷地内に世界自然遺産があると言われてもおかしくない。
　広い駐車場をずんずん進むと、おばさんは看板を指さした。
「ハブ小屋、発見！　えんちゃん、ちょっと見ていこうよ」
「ハブ小屋？」
「そう、ハブ小屋！」
「ハブ小屋」と書かれた古びた看板の横に「ハブご持参の方は、インターホンを押して事務職員を呼び出してください。1匹3000円差し上げます」と書かれた案内板が見えた。捕まえて持ってこられるんだ。
「わあ、いるいる！」
おばさんはなぜだか、とてもうれしそうにハブをのぞきこんだ。
「えんちゃん、見て！　見て！」
「おばさん、こっち見てますよ」

おそるおそるのぞきこむと、ハブもこちらをのぞきこんでいるように見えた。「こんなところから、さっさと出せ！」とでも言いたいのだろうか。足がすくんだ。

「そんなに怖がらなくても、ハブはここから出てこられないよ。ハブちゃん、君もいいハブ酒をつくるんだよう。そういや、最近ハブ酒飲んでないな。そうだ、えんちゃん。説明会終わったら、観光ハブセンター行かない？ここよりも、もっといっぱい、いーっぱいハブが見られるよ！」
「ハ、ハブ……」
「あ、いけない。早くしないと遅れちゃう！」
そう言うとおばさんは私の手を引き、急いで、ハロウィンの、いや説明会の会場に向かった。「タイオンセイジョウ」のアナウンスを繰り返す未知の機械と初めて遭遇した時には驚いたが、これ……ふだんから外に出ている人は驚かないんだろうな。

　校長先生のあいさつはそこそこに、在校生による学校紹介が始まった。男女ひとりずつのペアで、スライドを提示しながら、授業や学校行事の様子が紹介されていく。紹介する在校生からすれば、きっとこれも授業の一環なのだろう。でも、説明している在校生から「こなさなければならない課題」をやっていると感じられないばかり

か、むしろすすんで説明しているように感じられた。説明してくれる在校生にも、校長先生にも、目に輝きがある気がした。
「ここからは、校長先生への質問コーナーです。何か質問してみたい方、おられますか？　気軽にどうぞ」
ひととおりの説明が終わった後、司会の教頭先生がそう言われたが、こんなときに、しかも校長先生に気軽に質問できる人なんてはたしているのだろうか。
「はい！」
い、いるのね。私の隣に座っていた、まだギャルになっていないといった感じの女の子が、勢いよく手を挙げた。
「部活は、全員加入ですか？」
え、何言ってるの。それ、「部活には入りたくありません」と言っているようなものじゃないの。そんなこと聞いて、いざ受験するときに不利になると考えないの。私の頭の中で思考がかけめぐっているうちに、校長先生は口を開いた。
「結論から言うと、加入率が８割をこえてはいますが、全員必ず入るようにという指導をしてはいません。本校では、勉学とそれ以外に少なくともひとつは、一生懸命取り組むことを見つけてほしいと思っています。ただ、その一生懸命取り組むことが部活動でなくてもかまわないと思っています。島唄を習ったり、自宅で動画を見て手品を覚えたりしている生徒もいます。今日ここに

来ている生徒の中には部活には加入せず、小さいころから通っている道場で相撲の腕をみがいている生徒もいます」
「わかりました！　ありがとうございます！」
隣の女の子は、満足そうに返事をしていた。

こ、こんな質問もありなのか。
「ほかに質問ある方、いますか？」
私は気づかれなくてもいいと思いつつ、おそるおそる顔の横まで手を挙げた。
「はい、そちらの方どうぞ」
気、気づかれるよね。座ったの、いちばん前だし。
「あ、え、あ」
立つ、声を出す、していることはそれだけのはずなのに、どんどん血の気が引いていく。人前で、知らない人の前で、声を出すなんて、いつ以来だろうか。声、どのくらいの大きさならいいんだろうか。どうやって出すんだろうか。
「あ……」
もう、「あ……」しか出ない。こんな私を、周囲はどう思うだろう。こんな姿見られて、試験受けても不合格になるんだろうな。足元からアクリル板が、せりあがってくる。もう、おしまいだ、何もかも。
「のど、枯れちゃいますよね。とりあえず何か飲みもの、

飲みますか？」
校長先生にそう声をかけられ、慌てて持ってきたお茶を取り出し、一口飲む。校長先生の方に向き直ると、腰に手を当て、顔を上げ、大きな水筒からゴクゴクと何か飲んでいた。そして、むせた。
「お待たせしました！」
いや、元はと言えばこうなったのは、私のせいで……。
「何か質問あります？」
「あ、あ、あの、受験にあたっては内申点が大事……ですよね」
あらためて自分がアホだと思えてきて、声は消え入りそうになった。アホだ。自分は内申点が低いといっているようなものじゃないか。中学に行ってさえいれば、こんな質問はせずに済んだはず。こんな質問をせざるをえない自分が、情けなく思えた。
「いい質問ですね。多くの高校は、内申点を重視します。中学でコツコツ勉強してきた生徒は、高校でもきっとがんばってくれる。逆もしかり。多くの学校さんが、そうお思いなのでしょう。でも、うちは違います。うちの高校は、中学の延長ではありません。ヤギの飼育をしたり漁に出たり市場でおみやげ品を売ったり、そうしたことを本格的に行っている中学はめったにないでしょう。まあ、最近は中学でも職業体験をするところはありますが、うちはまず施設が違います。ヤギ小屋がある中学なんて、

なかなかないですよね。うちには、あります。もちろん、ヤギがいます。3頭も。どんな体験にも準備にしっかり時間をかけ、体験をまとめて発表する仕上げの段階にも時間をかける。そういう点も、中学とだいぶ違います。だから内申点は、まあ、中学の方から書類送っていただけるわけですからいちおう見ますけれども、それを合否の判断材料にすることはない。筆記試験と面接、その結果がすべてです。一発勝負！　そういう意味で、本校の試験を厳しく感じられる方もおられるかもしれません。ただ、今回説明した6次産業コースはこれまでなんとか定員に達してきたという面もあります。志望者が、正直なところまだまだ少ない。だから、この時期にも説明会を開いているわけです」
「あ、ありがとうございます」
そう言って、私は再び席についた。ほんとうに短いやり取りなのに、どっと、どっと疲れた。

「ほかに質問ある方おられますか？　ないでしょうか？　それでは、これで説明会を終わります。今日はお2人の方から、質問をいただきました。どちらの方も積極的で、すばらしいですね。そんなお2人のような積極的な生徒の受験を、心よりお待ちしています。
これからは、自由見学の時間となります。お手元の地図を見ながら、ご自由に見学ください。体育館とグラウン

ドでは、体育系のクラブが部活動を行っています。家庭科室では、織機の操作体験ができます。クッキング部によるクッキーの無料配布も、あります。先着１０名とのことで、ほしい方はお早めに。理科室では、水族館部による展示があります。元気な部員と魚たちが、お待ちしています。こちらだけでも、ぜひおたちよりください」

「あの子といっしょに回ってみたら？　えんちゃんの前に質問してた子。あの子も、内地から来てる感じだし、気が合うんじゃない？」
「ナイチ？」
「ああ、島の外ってこと」
そうだ、私はこの島からすると外の人間なのだ。私と同じく内地から来たらしいあの子は、きっと毎日楽しく学校に通ってて、でも寒いのがキライとかで、とりあえず学校説明会に来たんだろうな。私が話しかけられたとしても、仲良くしてはもらえないだろうな。どんどん不安になってきて、私はおばさんの手を握った。
「やっぱり、おさかなだよね！」
「声が大きいです」と言うすきをあたえる暇もなく、おばさんは私を引きずって理科室に向かった。

「おさかなー！」
理科室に入るとおばさんはぐいぐい引っ張っていた私の

手を離して、一目散に室内にある水槽へ向かった。さっそく水槽のそばにいる高校生をつかまえて、どうやら魚談義を始めている。これは、当分続きそうだ。

壁のほうに目をやると、部員を紹介するポスターが貼られている。これでも見て、待つしかないか。ポスターには、部員の氏名、出身地と通っていた小学校・中学校、水族館部に入ったきっかけ、特に好きないきものが書かれている。奄美市、大和村、瀬戸内町、どれも聞いたことないけれど、きっとこの島の中にあるんだろうな。島出身の人ばかりなんだろうなと思うと、現にこの部屋にもあるアクリル板の数が一気に増えて、自分が取り囲まれるような気がしてきた。

「やっぱり、ここでしたね」
怖いと思って思わず閉じた目を開けると、そこにはさっき学校の紹介をしてくれたクルクル髪の女子高生が立っていた。女子高生というだけで、目を開けられないほどまぶしい……気がする。

「三角です。さっき学校の紹介をしていた」
「あ、わ、あ、安倍、安倍と言います。さ、先ほどはありがとうございました」
「そんなに緊張しなくても」

そ、そんなこと言われても、ふ、ふだんはお母さんとしか、は、話してないんだもん。
「ビックリさせちゃったね。急に話しかけてごめんね」
何かを察したのか、三角さんは優しい声で続けた。
「さっきの質問だけど」
「はい」
「ほんと、内申全然関係ないよ。まるまる、じゃなくて、ルームメイトじゃなくて、クラスメイトに中学ほとんど行ってなかった子がいてね。その子は入試受かって、元気……にはほど遠いけど、どうにか学校通ってるよ」
「そうなんですね」
「ほかに、何か聞きたいことある？」
「え？」
「いや、説明会ではね。人がたくさんいるし、突っ込んだ質問はしにくいかなと思って」
「そ、そうですね」
ふいにポスターに目をやると、知らない市町村の名前が浮き出て見えた。
「え、えっと、やっぱりこの島出身の方が多く通われているんですか？」
三角さんは、ポスターを見て納得したかのような顔を見せた。
「言われてみると、たしかに水族館部は島出身の子ばっかりだね。でも、島外出身者もちらほらいるよ。私はも

ともと兵庫だし、まるまる、あ、さっき話したクラスメイトの丸田さんは出身、福岡だし」
「そうなんですね。み、三角さんも、島の方かと」
「私は、島暮らしが長いからね。小4のときに親の転勤の都合でこっち、こっちと言ってもここじゃなくて与路島(よろじま)の方に来て、中学まではそこにいて、高校から奄美。与路島いいとこなんだけど、高校はないからね。私みたいにほかの島からって子も、ちらほらいるよ。徳之島とか、沖永良部島(おきのえらぶじま)とか、加計呂麻島(かけろまじま)とか。ほら、さっきの説明にもあったように、この高校、6次産業コースあるでしょ。そこで勉強したい人は、島外から、全国から来るよ。島外からって言うと、入学したての頃は注目してもらえて、いろいろ教えてもらえてラッキーかな。時間たつと、誰も気にしなくなるけど」
自分がもしこの学校に来ることになっても、「はじめ注目してもらえてラッキー」だなんて、とても思えないだろうな。
「おいでよ。いい学校だよ、クラスメイトも先生方も、みんなあったかい。安倍さんにも、すごくいい学校だと思うよ。受験、考えてみて」
「分かりました」と言う間もなく、三角さんは走り出していった。
おばさんは……まだ終わりそうにないか。
あらためてポスターを見る。魚、カエル、カニ、はじめ

見たときにもたしかにあったはずの好きな生き物のイラストが色鮮やかに見えてくる。不思議だ、さっきとまったく同じものを見ているはずなのに。
「えんちゃん！」
そんな私に気づいてか、気づかずか、おばさんが私を水槽のほうまで引き寄せた。
「この子が話してた、めいっ子のえんちゃん。かわいいでしょう。この子にも、おさかな、見せてあげて」
高校生に紹介してくれるのはありがたいが、「かわいい」は恥ずかしい。
「どうぞ、ゆっくりごらんください。でも、もし入学したら３年間思う存分見ることができますよ」
「水族館部に入ったら、私達と一緒に飼育することもできます」
「ぜひ宇検高校へ！」
「ぜひ水族館部へ！」
高校生のみなさん、気が早い……けど、イヤな気にならないかな。こんな歓迎を受けたのは、いつ以来だろうか。中学で卓球部に勧誘されたとき以来か。続かなかったなあ、卓球部。やっぱり、イヤな気持ちになる。入口の方に、私より髪が長くて、私よりうつむいた子が母親（？）に手を引かれて来ているのが見える。あの子も、魚、見たいのかな。おばさんに「そろそろ」と告げて、私たちは外へ出た。

「えんちゃん、つきあってくれてありがとう！　水族館、最高だね！　どの魚も、おいしそうだった！」
「お、お……」
「おいしそうは、ね。水族館では、誉め言葉なんだよ。素人が見て分かるくらい、健康で元気な魚を育てているってことなんだから」
そ、そうなのか？
「お昼、どんな魚が食べたい？」
こ、これから？　水族館見た後に、魚を……食べる？　ど、どんな気持ちで？
「お、お肉」
「お肉？　お肉が食べたいの？　そっか、そっか、若いもんね。そういや、あそこ今日は入荷してるかな」
車に乗ってから、おばさんは手早くスマホを取り出して、調べ始めた。入荷しているかどうか、いつもは入ってこない貴重なお肉ということなのだろうか。
「あった、あった。今日は、入荷してるって。おいしいよ。なかなか食べられないよ。楽しみにしてて！　あ、だいじょうぶ、ヤギじゃないから。いや、私はヤギ、だいじょうぶだけど」
だ、だいじょうぶとは……。

## ハンバーグ、ソフトクリーム、満腹

「いらっしゃい」
「この子、姪っ子のえんちゃん。中３で宇検高校の学校説明会で来てるの」
「校内の水族館に行きたいから、呼んだんでしょう。受験生も、たいへんね。お２人ね。こちらのテーブルにどうぞ」

おばさんは、ここの常連なんだろうか。すべてお見通しという感じで微笑むおばさんと同い年くらいの女性店員に見守られながら、私たちは席に腰かけた。
「今日は、どんなお魚入ってる？」
「ここは、ハンバーグのお店です」
「じゃあ、いつもので」という掛け合いは、まるで漫才のようだ。
「ミニハンバーグのセットで」この流れに乗り遅れまいと、私は急いで注文するメニューを選んだ。
「遠慮しなくていいよ、ほんとにミニでいい？」
満腹で眠くなっては、たいへんだ。おばさんの問いかけに、こくんとうなずいた。

出てきたハンバーグは、浜松で見かけるのとは違う、たぶんこれが普通という一品。情けないことに黙食にはま

だ慣れず特殊なシチュエーションに思えるが、普通においしい。普通、ありがたい。

「これが、今日のおまけのお肉です」と店員さんが言い終わる前に、おばさんは小皿に載ったお肉をさっそく箸でつまみ、おいしそうにほおばった。

「えんちゃん。ちょっと、お皿貸して」
私の分の小皿を取って、今度はおばさん写真撮影。
「楽しみすぎて、写真撮るの忘れてた。おいしいよー、なかなか手に入らない貴重なお肉だから、食べてみて」
勇気を出して食べてみると、たしかにおいしい。
「おいしいです。初めての味」
「そう、それはよかった。で、どうだった？宇検高校ついてってみて」店員さんに聞かれて、私はぎゅっと固くなった。ここは、島の人が喜ぶコメントしないと。来させてもらってるんだし、「返品」はイヤだし。
「い、いい学校でした。先輩方、みんな温かくて。でも、やっぱりこの島の人ばっかりじゃないみたいですけど、鹿児島の人ばっかりですよね。その中でやっていけるかなって」
「ああ、不安だよね。マサくんにも学校のこと聞いてみたら？」
だ、だれ？

「ああ。マサくんも、宇検高校だっけ？」
おばさん応じるも、結局、だ、だれ？
「二軒先の土産物屋の息子さん。あの子も、6次じゃなかったかな。6次のこと、いろいろ聞けるんじゃない？　試験対策なんかも」いま家にいるか、電話してみるね」
店員さんはそう言い終わると、店の奥へと入っていった。
ここでも、電話。
「マサくん、いてるって。いまソフトクリーム、ほら、こうやって作る機械あるじゃない？あれの練習してるんだって。今なら練習で作ったソフトクリーム、タダでくれるらしいよ」
話し終わっても、機械からうねうねと出続けるソフトクリームの動きをする店員さんが、なんだかおかしい。
「やった、行こ、行こ！」
満腹になって眠くなったらという私の不安を知る由もなく、おばさんは私を土産物屋に連れ出した。
「あの、ハンバーグのお金」
「いいの、いいの」


「やっほー！もうかってる？」
「もうかってるわけないじゃん、観光客来ないんだから」
「そうだよね」
「今日も、たくさん買ってってね。正春よね。ちょっと

待ってて」
　おばさんはこの土産物屋も常連のようで、ここでは店番をしている正春さんのお母さんと漫才のような掛け合いを披露してくれた。すごいな、おばさんのコミュ力。んでもって、「マサくん」、本名は「正春」さんなのか。
「うがみんしょうらん」
　店の奥から出てきたすらりと背の高い正春さんは、聞き慣れない（きっと）あいさつで、声をかけてくれた。「こんにちは」っていう意味だよと、おばさんが通訳してくれる。
「６次志望っすかー？　いいとこっすよー。勉強したい人はしっかりできるし、したくない人は、まあ、それなりにやれば何とかしてもらえるし。クラスの雰囲気いいし、ヤギかわいいし。ああ、なんか質問あるっすかー？」
　正春さん、話し方はけだるいが、きっと不安そうにみえる私を気にかけてくれているんだろうな。悪い人ではなさそうだ。
「いい学校だとは思うんですけど、いざ通うと考えると不安なこと、いろいろあって。えっと、やっぱりダメだと思うんです。なんとなく見学に来て、だから通いたいって。何かこう、もっとしっかりした理由がないと」
「ええ？　別に理由なんてテキトーでいいんじゃないっすかねえ。うちのクラスには、部屋の日本地図にダーツ投げて当たったのが奄美だったので来たって子もいるっ

すよー」
ダ、ダーツで志望校を決めるなんてとあきれる私を察してか、正春さんはおしゃべりを続けた。
「すごいレアじゃないっすかねー。日本地図にダーツ投げて奄美に当たるなんて」
たしかに！　まず、部屋に日本地図あってもダーツ投げないだろうし。
「あと、寒いのキライであったかいとこに来たいって子が毎年いる」
「寿(ひさし)くんよね」
思わぬタイミングで、正春さんのお母さんが割り込んできた。
というか、そ、そんな安直な理由で進路を、3年間を、将来を決めていいのか？　いいのか？　寿さん、どうなの？？
「最近、商店街の写真撮りに来ないけど、元気？」
「コロナもあるけど、受験生だからねー。寮にこもって、勉強してるらしい」
「そっかあ。また、写真撮りに来てほしいなあ。そういや、彼氏と3年間同じバスに乗って、同じ高校に通いたいから宇検高校にって子もいるよね」
「ち、ちげえし。由利は、そんなんじゃねえし。ただのおさななじみだし」
「そうなのお、そんなふうには思えないけどなあ。婚姻

届用意してあるから、必要なときはいつでも言ってね」
「人生の一大事・結婚！　そんなにトントン拍子で進んでいいのか」と思うと同時に、私は気づかされた。
私は、奪っていたのだ！

　お母さんは、私と同じようにおさななじみのかなでやひまわりを愛する人だった。小学生の頃はお母さんの引率で3人そろってプールに行ったこともあるし、我が家でお泊まり会をしたこともある。かなでにもひまわりにもまるで我が子であるかのように接するので正直嫉妬もしたけれど、おさななじみも含めて私を大切にしてくれる母が好きだった。そんな母の姿を、見なくなったのはいつだろう。コロナが始まる……より、もっと前。私が学校に行けなくなってからしばらくは、かなでもひまわりもうちに来てくれて、お母さんと4人でいっしょにのんびり過ごしたこともあったな。それから、今思うとアクリル板がいたるところに見えるようになって、どんどん世界が怖くなって、お風呂に入れなくなって、布団から起き上がれなくなって……。


「えんちゃん、そ、そろそろ、お手製ソフトクリームもらおうか。正春くん、2つね！　2つ！　うまくできた方を、えんちゃんにあげて」

私の表情から「そろそろソフトクリームほしい」を感じ取ったのか、淳奈おばさんが注文。また、食べるのか。ありがたいけど、おなかいっぱいになっちゃうよー。
「どうぞ」
正春さんから受け取ったソフトクリームは、お店で売っているものそのものだった。お金は……練習用だから払わなくていいのか、申し訳ないな。
「お～いしい！　冬にソフトクリームも、いいね。あ、また写真撮り忘れちゃった」
「正春、卒業するまでにまだ何度かお店に立つから、また食べに来て」
「来る、来る。じゃあ、今日はごまざた１０枚入り４つ！　あと、白ごまざたある？」
４０枚！　１クラス分、ひ、ひとりで食べるんか。
「あるよー、全部袋に入れていい？」
「う～ん。じゃあ、１０枚入り２つだけ入れてもらおうかな」
「レジも、正春にやってもらうね」
「お～お、安くしといて」
正春さんは、値引きを期待する淳奈おばさんには目もくれず、バーコードをスキャナーに当て続けた。
つまらなさそうにタッチ決済（？）を済ませようとする淳奈おばさんを見かね、正春さんのお母さんが正春さんに声をかけた。

「ほら、正春。黙ってないで、ごまざたの説明！　えんちゃんは、内地から来てくれてるんだから」
「ごまのお菓子、おいしいです」
ざた、どこ行った？
「それだと、『ざた』が何か分からないじゃなあい。ごまと黒糖を和えて、ペースト状にしたお菓子、ね。『ざた』は奄美の方言で、砂糖っていう意味。砂糖っていったら白いのをイメージするだろうけど、『ざた』っていったら黒糖のことね。これ、これ」
それも、おみやげなんだろうか。黒糖の袋が入った袋を、正春さんのお母さんが見せてくれた。
「そっちは、まだ家にあるんだよなあ」
「この前、買ってくれたばっかりだもんね。また今度、よろしくね」
「はあい」
おばさんと正春さんのお母さんの漫才のような掛け合いも、これで一区切りか。私とおばさんは、店を出た。

「これ、おみやげ」
そう言って、10枚入りのごまざたが2袋入ったビニール袋をおばさんは私に手渡した。
「ひとつは、おうちで食べて。もうひとつは、お友達と……配ろう。個包装だし」
こういうところだ。

おばさんが１０枚入りを４つ買ったとき、全部自分で食べるのだと思ってしまった。自分勝手で、ひとりよがりなのは私なのに、なぜそんなところをおばさんに当てはめてしまうのだろう。
「えんちゃん？　ほかのものが、よかった？」
「いえ、これでいいです。ありがとうございます」
「うん。これからマングローブ林にと思ったけど、その前に買い出しに付き合ってくれない？」

　どれだけの水

　買い出し、もちろんＯＫだ。
　いまカヌーに乗ったら満腹で眠くなるだろうし、スーパーではどんな奄美ならではのものが売っているのか見てみたい。

「おばさん、どんだけ水買うんですか？」
「え？　１.５リットルのペットボトルが６本を２箱だから……いっぱい！　だいじょうぶ！　駐車場までは台車借りられるんだから。最近また悪石島で地震があってね。もう悪い石の島なんて名前、誰がつけたんだろうね。じゃなくて、悪石島っていうのは鹿児島本土とこの島の間にある島なんだけど、そこで地震が起きてすぐ復旧したけど断水起きて、やっぱり日頃の備えは大事だなっ

て」
「ひとり暮らしでも、水ってそんなに必要なものなんですか？」
「えんちゃん、もし水なくなったらどうなると思う？」
「それは、ええっと」
料理はもちろん、トイレにもお風呂にも水は必要だ。ほかに、いつ水を使うだろう。ええっと。
「水割りが作れなくなる！」
「地震が起きたら、そもそも水割り作っている場合じゃないんじゃ」と思ったけど、お世話になっている身なので、そうは言えまい。このくだりも、お母さんに知らせた方がよいだろうか。
「今日は外で夕食、食べるから」とおばさんはサンドイッチを買い、私と私が車まで運んだ水と、おばさんが箱で買い込んだビールと、その他もろもろを車に乗せ……られないんかい。

「ここも、片づけなきゃね」と言いながら、車の荷台に載っているあれやこれやを、おばさんは端に寄せた。きっと雪が降らない奄美でも、ここでは雪崩が起きそう。と思ったら、どこからともなく懐中電灯が転がってきた。
「おー、君はここにいたのか！　電池は、あるよね？うん、ついた、ついた」
おばさんはひとり芝居を終えると、満足そうに懐中電灯

を抱えた。
「夜は、必需品なのよ。街灯少ないし、夜はいろんな生き物が闊歩するからね」
そうだ、ここは浜松にはない日常が広がっている世界なのだ。もし、もし、この島に住むことになったら、私はうまくやっていけるだろうか。
「あらあら、さあ乗って」
茫然と立ち尽くす私の不安を感じ取ったのか、荷物を手早く荷台に押し込んだおばさんは私の手をとり、車に招き入れた。おばさんのやわらかい手でにぎられるだけで、「いたいの、いたいの、とんでいけ」されている気分になる。
「海の次は、森だよー。もりもり森だよ」
そんなふだんは絶対笑わないギャグ（？）に、思わず吹き出しそうになる。

　マングローブ林をカヌーでめぐる体験は、森林浴という安直な表現ではもったいない、なんて言えばいいだろう、実際に包まれてはいないのだけど、重すぎない布団で全身をくるまれて体も心もほっとする体験で、私はほっとしたままおばさんの家に戻った。でもどれだけほっとしていても、忘れちゃいけない。
　さあ、母への定時連絡の時間だ。

## 定時連絡

　電話が鳴った。母からだ。慌てて外に出ると、あっという間にまだ慣れない湿った空気に覆われた。
「のんでたのは、1杯だけ。今日はこれから出かけるから、のまないみたい。でもお酒ばっかり、何本も何本もきれいに並んでる。あと、お水いっぱい買ってた。これで水割りつくれるって」
「そ、そう」
　報告すべきと思ったことを、慌てて報告したけれど、まずかっただろうか。
「淳奈がね、すごくたくさん写真送ってくるの。もうね、女子高生なんじゃないかというくらいに。猪肉(ししにく)食べられるところ、あるのね。珍しい」
「シ、シシ？」
「イノシシ、えんちゃんは食べなかった？」
　あれは、イノシシだったのか。
「た、食べた」
「写真、昼からのしかなかたけど、朝は寝てた？」
「え？　高校の説明会に行ったよ？　あれ、お母さんが連れて行くように言ったんじゃないの？」
「高校？　言ってない。だって、島に高校あるの知らないもん」
「なら、アレは本当だったのか」

「アレって？」
「校内に水族館があるけど、自分ひとりじゃ入れないから、中学生役になってついてきてほしいって」
ケタケタと笑い出すお母さんの声を、ひさしぶりに聞いた。なんだか、うれしくなった。
「あの子らしいね。私は、何も言ってないよ。だって、島に高校があるなんてほんとに知らなかったもん」
言われてみれば……私も、島に高校があるなんて予想だにしなかった。
「そうなんだ」
「で、どうだった？　高校？」
「ヤギ育てたりおみやげ売ったり、そういう実習の授業が多いんだって。あと、内申関係ないんだって」
「へえ、えんちゃん、小さい頃は体動かして遊ぶの好きだったし、合ってるんじゃない？」
「ここなら、どうにかなる……かな？」
「なる、なる！」
「で、でも寮に入ったら、お金……かかるんだよね」
「そうね。けど、そこはお父さんが頑張るんじゃない？」
「あ、あと、寂しいよね、お母さん」
「それは、寂しいわよ。お盆と正月くらいは、帰ってきてね。移動制限なければだけど」
「う、うん。とりあえず、明日帰るね。１時に大阪の空

港に着いて、そこから電車に乗るから、夕方になる」
「新幹線で帰っておいて！　迎えに行く都合があるんだから」
「……分かった」
　行きと逆のルートを在来線で通ったら、どんな発見があるだろう。そんな楽しみは、あえなくついえてしまった。
「えんちゃーん、そろそろ出かけるよー」
玄関から、おばさんの顔がのぞいた。定時連絡終了だ。
「今日は、ほんとに楽しかったな。もう、いっそのこと、えんちゃん、ここからあの水族館……じゃなかった。高校、通えばいいじゃん。歩いても５分で行けるし」
も、もしかしてお母さんとの会話、全部聞かれてた？
「とりあえず、行こっか！」


「ちょっと休んでく？」
　タテに小刻みに揺れる車は、私のもろもろの不安を増幅させ、胃を押し上げていた。
「だ、だいじょうぶです」という私の言葉が真意でないと分かったのか、おばさんは海のそばで車を止めた。遠くに船が何隻か止まっている。港だろうか。
「酔い止め、飲んどこっか？」
「え？」
「朝は気が張ってて、夕方は寝てたから、どうにかなっ

たのかな。でも、ほんとは車、つらいんでしょう？」
図星だった。看護師、すごい。
「もう言ってくれたらいいのにぃ。これはすぐ効くし、飲んどくと安心だよ」
白くて丸い薬をひとつ、おばさんは手のひらに載せてくれた。そういや、昨日もこんなふうに薬をもらったな。すぐに薬を飲んでも、さすがに胃が落ち着くまでには時間がかかる。
「ここでも海、見てく？」
そう言って車を出たおばさんを追って、私も車から出た。情けないという思いで、いっぱいだった。
「迷惑じゃないんですか？」
「迷惑？」
「も、もしいっしょに住むことになったら。毎日ですよ。私と」
「全然。もし迷惑だと思うなら、わざわざ、そんなこと言わないと思わない？」
その通りだ。私の自己肯定感が低いせいで、おばさんにイヤな思いをさせる。つらい、情けない。
「さわってもいい？」
ちょこんとうなずくと、おばさんはそうっと両手で私の顔を包み込んだ。
「あったかい」
「でしょー。私ね、ときどき夜勤があるの」

「ヤキン？」
「そう、夜働いて、朝家に帰ってくるの。帰って来た時に、炊きだてのお米があったらうれしいなあ。もしうちに住んだらさ、私が夜勤のときに寝る前にお米炊いておいてくれない？　そしたら、すごく助かるんだけどなあ」
「そろそろ、行こっか。峰田山公園、いいよー。絶景だよ、一生の思い出になるよ」
いっしょに暮らす条件、そ、そんなものでいいのか……とは思ったけれど、あったかい手の感触は頬に残って、なんだか気持ちがほぐれた気がした。


「おばさんは、人間が怖くなることない……ですよね」
気持ちがほぐれたからといって、気軽に本音をぶちまけていいわけではない。公園に向かう車の中の空気は、一気によどんだ気がした。
「あるよー。噛まれると、雑菌入っちゃうからね」
ま、まさかの物理的怖さ。
「でも、えんちゃんの言う怖さって、そういう怖さじゃないよね」
「はい」
「どんなときに、怖いって思う？」
「優しくされたとき……おかしい……ですよね。まわり、みんな、優しいんです。お父さんもお母さんも、同級生

も。卓球部だったんです。卓球、ひとりでできるし、気楽かなって思って。そしたら、なぜか違う小学校から来た経験者の子とダブルス組まされることになって。すごく優しい子だったんです。一から丁寧に卓球教えてくれて、それなりにできるようになって、ゴールデンウイークに対外戦に出ることになったんです。で、試合が始まって、試合って相手がいるんですよね。すごく威圧感があって、それでミスを重ねて。でも励ましてくれたんです、ペアの子。『だいじょうぶ、まだこれからだよ』って。でも、ふっと悲しそうな顔をした瞬間があって、そこでもうダメでした。私がペアじゃなきゃ、私が卓球部に入らなきゃ、私がいなけりゃって……どんどん苦しくなってきて、息が吸えなくなって、それで棄権して……顧問の先生と先輩方はすごく心配してくれて、同級生は初めての公式戦だったからって励ましてくれて、でももう何もかもが『怖い』としか思えなくなってた」
車が、止まった。公園に着いたのだ。
「そっか、そんなことがあったのね。でもさ、周りがえんちゃんに優しいのは、えんちゃんと仲良くしたいからじゃない?」
「こんな私と仲良くしたい人なんて……いない……ですよね」
「えんちゃん、もう1回、さわってもいい?」
また、そうっと、おばさんは手のひらで私の顔を包んだ。

「えんちゃん、私は昨日と今日と2日間いっしょに過ごしてみてとすっごく楽しかったよ。えんちゃんにはまず、行動力があるよね。やったことない卓球をやってみる。浜松からひとりでここまで来る。立派だと思う。知的な感じもする。よく考えて、ふさわしい言葉を見つけて、しっかりおしゃべりするコミュニケーション能力もある。あと、欲を言えば、あったかい人になれたらいいなあ。仲良くしたい人なんていないなんて、聞いてて悲しいな。食べて寝れたら100点、今日みたいにお出かけできたら100万点！　えんちゃんと仲良くしたい人は、きっとたくさん、う〜ん、たくさんじゃないかもしれないけど必ずいるよ。少しずつ、そんなふうに思えるようになったらいいね。今はそう思えなくても」

　涙でにじんで、星は見えなかった。あたたかい人、とてもなれるとは思えない。高校に行きたい。でも、行けない。受かったところで、きっと廊下と教室の境目がドーバー海峡だと思えて入れないだろうし、それ以前にアホすぎて試験に受からない。私は、ずっと魂が抜かれたまま、冷たいままで、ひとりきり。いちばん、怖いのは他人でなくて、そんなどうしようもない自分。その実感がより深くなり、私の目からはいつまでも、いつまでも涙があふれ続けた。おばさんは根気よくずっと背中をさすり続けてくれて、背中だけがあたたかかった。やが

て涙が枯れて空を見ても、星は見えなかった。
「星、見えないですね」
「曇ってるもんね。天気予報では、晴れだったんだけどなあ。やっぱり、雨雲レーダー、ちゃんと見なきゃダメか。でもでも、夜景がきれいだね」
聞けば、焼内湾(やけうち)の対岸にある漁船や旅館の明かりらしい。まだ私には的確な表現方法が思いつかないけれど、とにかく幻想的な風景だった。
「光を観る。まさに、観光だね。帰りは、耳をすませてみない？　鳥やカエル、いろんな生き物の鳴き声が聞こえるよ。見て、聞いて、肌で、足の裏で、息を吸って、においをかいで、味わって、いろんな感覚で奄美を味わってほしいな。そうだ、サンドイッチの後に島バナナ食べない？　甘みがあって、おいしいよ。奄美だけに」
「お米、炊きます！　だから、また来てもいいですか？　受からないかもしれないけど、行けなくなるかもしれないけど、高校受けてみてもいいですか？」
「もちろん！」と言って抱きしめてくれるおばさんと、この島のあたたかさを、私は信じてみようと思った。


## それは、「今生(こんじょう)の」ではなく

　奄美滞在3日目、とはいえ今日は帰るだけの日だ。うっとうしいと思っていた湿っぽい空気さえ、なんだか

名残惜しい気がする。
　玄関を出ると、これまで聞いたことがあるような、ないような太鼓の音色が聞こえてきた。トトトトトトトトと、音が連続して鳴っている。演奏？　練習？
「黄本っちだな」とつぶやくおばさんの後について、階段を降りる。
ふと下に目をやると、黄色の服を着たいかにも「黄本っち」さんが、太鼓をたたいている。
「昨日は魚、ありがとねー。で、何やってるの？」
おばさんのざっくばらんな物言いが、「黄本っち」さんとの親しさをうかがわせた。
「お見送りーーーまた来てねーーー」と言いながら、「黄本っち」さんは、勢いよく太鼓をたたいた。見たことがない太鼓、思わずのぞきこんでしまう。
「これは、チヂンと言ってね」と解説を始める「黄本っち」さんを、おばさんが、「いや、飛行機来ちゃうから」と制してアパートを出た。

「空港まで、けっこう遠いんですね。昼から仕事なのに、送ってもらってすみません」
「いいってことよー。職場までは、ここから３０分だしね。待てよ、またハンバーグ食べに行けるな」
「そうですね」
「忘れ物は、ない？　もし忘れたと思うものあったら、

連絡してね。うちで、しっかり預かっておくから。また生きて会おうね」
生きて……おばさんは、私が思っていることのどれほどを知っているんだろう。
「流行り病にかからずに。ワクチン打ってるし、えんちゃんは若いから、きっとだいじょうぶよね」
なんだ、そういうことか。
「じゃあ、今度は受験のときか。静岡から飛行機、乗り継いできたらいいよ。船旅は楽しいけど、ちょっとたいへんじゃない？」
「そうですね」
「飛行機代なら、私が出すから心配しなくてヨシ！　来る時間決まったら、連絡してね。空港まで迎えに来るから。今度は、スーパーでお米運んでもらおうかな」
飛行機代出してもらって、迎えに来てもらって、してもらってばかがあるだけで気がラクになる……かな。
「じゃあ、またね！　あ、待って。忘れ物。じゃなくて、渡し忘れ物。これ、どうぞ。昨日うちに帰ったら、机に置いてあった。たぶん、ヤナギから」
ヤナギさん、黄本っちさん同様、ご近所の方だろうか。聞きたい気もするが、飛行機の時間がせまっている。
「ありがとうございます」
小袋を受け取り、私は飛行機へと急いだ。

📱「もしもし、安奈。いま、帰ったよー」
📱「急にごめんね」
📱「いやいや、楽しかったよー。えんちゃん、かわいいね。安奈が１５のときの１０００倍かわいい」
📱「かわいくない１５歳で、悪かったわね。で、どうだった、うちのえん？」
📱「いや、だからかわいかったって」
📱「そうじゃなくて。ほら、看護師としてみて体がどうとか」
📱「からだあ？　ああ、乗り物に酔っちゃうよね。あと、ちょっと食が細いよね。たぶん一度にたくさん食べられないんだと思う。少しずつ食べるようにするといいよ。お菓子食べるとか、夜にちょっとくだもの食べるとか」
📱「食べないよね、あの子。お菓子食べようって言っても『もうすぐ夕食だから』って断っちゃうし」
📱「夕食全部食べないとって思っちゃうんだねえ。夕食全部食べられなかったら、食べられなかったものを次の日の朝食べてもいいんだし、お菓子食べちゃえって言えばいいじゃん」
📱「なるほどねえ、ほかには？」
📱「ほか？」
📱「そう、ほかにどこか悪い所なかった？　うちでは、朝は起きないし、ごはん食べないし、お風呂入らないし、夜は寝てるのかな、何してるのか分かんないし」

📱「なるほどお。安奈、いろいろ不安なのよね」
📱「うん」
📱「その不安が１万倍になって、えんちゃんに伝わっていると思うよ。不安になる気持ちは分かる……とまでは言えないけど、分かりたいとは思う。でも、１回不安になるの、辞めてみない？　今って、コロナ禍じゃない？　そして、えんちゃんは受験生」
📱「うん」
📱「コロナを気にして、学校に行かずうちで受験勉強してるってことでしょ？　ちょっとナーバスだなとは思うけど、まあありうる話じゃない？」
📱「勉強、全然してないし」
📱「これから、するんじゃない？　あと、朝起きられないのは全然問題ないよ。お昼すぎても起きられないなら心配だけど、お昼までに起きられたらOK」
📱「それじゃあ、学校……」
📱「行けるよ、宇検高校。授業９時からだし、うちから歩いて５分だし。９時に起きても、間に合う。お風呂は、夜なかなか入れなかったら、朝とかお昼に入るのはどう？　夜勤の後に入るけど、気持ちいいよ。とりあえず、信じよ。えんちゃんは、受験生。春になったら、宇検高校の１年生。家族３人で過ごせるのは、もう残り３か月だよ。まあ、いろいろ出歩くというのは難しいだろうけど、楽しく過ごしてね。言いたいことはいろいろあるだ

ろうけど、えんちゃんと自分のこれまでの子育てを信じて」
📱「……」
📱「信じてみて。きっと、いい子育てしてるんだと思う。さすが、我がお姉ちゃんだね」
📱「そうかな」
📱「そうだよ。まずは、明日の朝、起きるのが何時でも機嫌よくおはようと声をかけるところからだよ。長旅で疲れたろうし、明日は何時でも起きられたらそれで１００点！」
📱「わかった。いろいろありがとね。お礼に何か送るよ」
📱「ええ、じゃあ、あれ食べたい。うなぎパイのちょっとリッチなやつ！　あれ、前からあったっけ？」
📱「けっこう前からあるけど、それを言ったら淳奈が浜松出たのもけっこう前だもんね」
📱「そだね」
📱「たまには、帰ってきなよ。まあ、コロナおさまってからになるだろうけど」
📱「いつになるやらね。帰るよ、高校生になったえんちゃんといっしょに」
📱「うん」
📱「じゃあ、これから仕事あるから切るね」
📱「わかった。ほんと、いろいろありがとね」

爆誕

　奄美から帰って来た翌日、起きると時計の針はゆうに１１時を超えていた。３時間目か、学校に行っていたら。重すぎるかけぶとんは、嫌い。でも、敷きぶとんに甘えたくなる。ここで敷きぶとんに甘えたら、いよいよ廃人。いや、すでに廃人な気もするけど、起きよう。
「おっはよ」
双子だから似ているのは当たり前だが、今日のお母さんは淳奈おばさんにみえる。
「おっはよ」
「おはよう」
「まずは、朝ごはんだね」
「うん、でもじきにお昼だよね」
「今はお昼のことは考えず、とりあえず朝ごはんを食べよう。淳奈がね。一日三食もいいけど、少しずつでもいいからしっかり食べることが大事って」
「そうなんだ」
そういや、おばさんは「アイス食べる？」「島バナナ食べる？」って、たびたび食べ物勧めてきてたもんなあ。あれ、意味あったのか。
「その前に、これ。朝ごはん用意するの待っている間に、ひとつ食べてみたら？　昨日、食べなかったでしょ？」
「うん」

「おいしいよ。お父さん、喜んでコーヒーに入れてた」
　今日の、お母さんはよくしゃべる。ヤナギさんからもらった黒糖は、人を饒舌にさせる効果があるのだろうか。なんだかお母さんがまとう空気が、奄美に行く前と違う気がする。私も変わらなければ。
「今日は、勉強する！　受験生だし。それと、かなでとひまに志望校決まったって連絡しなきゃダメだよね」
「しなきゃダメということはないと思うけど、まあ、連絡してみるのはいいんじゃない？　2人とも、心配してくれてたし」

　よし、今日はまず2人に志望校が決まったことをどうやって伝えればよいか考える！　布団の上で……これが、ダメなんだよね。分かっているけど、今は敷きぶとんのもこもこに甘えていたい。
　もこもこ、ごろごろ。
　もこもこ、ごろごろ。
　もこもこ、ごろごろ。
　もこもこ……どこから、どうやって伝えたらいいんだっけ？
　とりあえず奄美に行くと決めたときからのできごとを書き起こしてみたけど、これでいいの？　もっと前から、書き起こすべき？　中学行けなくなったときから……じゃなくていいよね。

どうやって伝える？
メッセで……では、軽すぎるよね。
手紙……は、重いんだっけ？
国語の教科書に何かヒント……ないか。あれは毎日中学に通う人むけの本で、きっと私が共感できる文章はないんだろうなあ。何をどう伝えたらよいか、お母さんに相談か。結局こんなときも、お母さん。あんなときも、お母さん。あーーーー、私、保育園児か？　食べて寝てるだけだもんね。保育園児というより、赤ちゃんか。はあ。

「とりあえず2人は元気か、聞いてみたら？」
その手が、あったか！


### 作戦を立てよう！

「えっと、2人に志望校決まったの、伝えたいと思って、書き始めたらすごい量になって、こんなのいきなり送ってこられたら、ぜ、ぜったい重いし、それでお母さんに相談したらとりあえず『元気って聞いてみたら？』って言われて聞いてみたら、ひま、けがしてて、お見舞い、かなでが迎えに来てくれて、だから、あ、お菓子買ってきたけど、こ、これはおみやげのつもりで、お見舞いになるとは全然思ってなくて」
「えんちゃん、ごめん。いま、ひま、全然聞いてない」

怖さに耐えきれずギュッとつぶった目をおそるおそる開けると、横になったままのひまがおみやげに買ってきたごまざたをほおばりながら、私が渡した文書を読んでいた。
「えんちゃん、これ、いいね！ここまでが、アニメ第１話Ａパートになるんだよね。みえた、みえたよ！こっからギャルっぽい子と髪が長い子と仲良くなって、サンカク先輩が部長の水族館部に入部！展示するお魚求めて、キモトッチが操縦する船で海に向かう！これ、放送いつから？１月？」
「他人の人生、勝手にアニメ化すんな。ギャルっぽい子は、部活入らないと思うよ。先輩も水族館部じゃないよね。あと、先輩の名前、ミスミじゃないかな、サンカクじゃなくて」
「ミ、ミツカドなの。ごめん、ルビないと読めないよね」
「そうなんだ」
こんな重たい文章を読まされて、どう思うんだろう。私の不安を察してか、そばにいるかなでがそっと手を握ってくれた。
「ありがとね。読めてよかった。えんちゃんのことが、よく分かった気がする」
「ところで、このドーバーうみの後の漢字、なんて読むの？」

「それ、うみ、じゃなくて、カイキョウ」
「サイキョウ？」
「カイキョウ、ドーバーカイキョウ。陸と陸の間の海。イギリスがＥＵから離脱して、少したって、そろそろ時事問題で出てくるかもって社会で習ったでしょ」
離脱というストレートな言葉が、社会から落ちこぼれている自分に突き刺さった。
「えんちゃん、えんちゃん！　離脱、遠い遠いＥＵとイギリスの話だよ」
そう言いながら体をゆすってくれたかなでのおかげで、どうにか正気に戻る。
「海かあ、そりゃ船がないと渡れないね」
一瞬抱いた船があれば廊下と教室の間を越えられるとの思いは、船の中で吐いて、吐いて、吐きつくして、それでも吐いた思い出によってかき消された。
「えんちゃん、私たちのことも怖いって思っちゃうことある？」
「いちばんつらいときは……」
いちばんつらいときは思うも何も、会えるはずがなかった。何日もお風呂倒せなくて、髪はベタベタ、肌は色が変わってきて、そんな自分を認識すればするほど魂が吸われていき、どうにかトイレに行くとき以外は、ずっとふとんに横たわったままだった。
「つらいときは、思い出さなくていい。思い出さなくて

いい。今は、どう？」
　そうっと背中をさすってくれるかなでが、ぐっとお姉さんに、あるいは昔のお母さんのように思えてくる。言われてみれば、かなでやひま、それにおばさんが怖いと思ったことはない。みんな、いつもご機嫌というわけではない。でも、機嫌が悪いときと、そんなときにどうすればよいか、なんとなく分かる。だから、安心なのかな。分かりやすい、単純……いや、そう言っちゃうのは失礼、言葉を選ぶ、言葉を選ぶ。
「２人は、怖くない。なんかツボが分かるっていうか」
「ツボ？」
「あー、ひまの場合は、餃子の話をしとけば、だいたいご機嫌になるからね」
「それを言うなら、かなでだってクラシックの話しとけば、だいたいご機嫌じゃない？」
「『音楽は、平和の礎』だからね。そっか、またえんちゃんと、仲良くできそうでうれしい。
　ドーバー海峡、あ、えんちゃんほど大変じゃないと思うけど、今なら分かる気がする。うちとえんちゃんちって、隣じゃない？　でも、えんちゃんが学校来れなくなってから、『どうしてるかな？』『遊びに行ってもいいかな？』『迷惑にならないかな？』『コロナ禍だしな』って思えば思うほど、距離が遠く感じて、なんか行けなくなっちゃたんだよね。こうして、また会えてよかった」

「階段から落ちたかいがあった」
「ん～、そういうことになる……のか？　いやいや、普通全治１週間で、ふだん通り家にいるのに、わざわざお見舞い呼ばないでしょ」
　おさななじみで、今でも学校に一緒に通い、周りから「ひまかな」とコンビで呼ばれる２人の会話は、リズミカルだ。ふだん他人と話していない私と、リズムが全然違う。
「このご時世、『来て！』と言わないとお見舞い来づらいでしょ。けがはけがだし、ちょっと不安だったんだもん。あと、かなで。海峡、感じたときが、まさに置き配のタイミングだよ」
「置き配？」
「そう、冷凍餃子８０個！　黙ってえんちゃん家の前に置いておくの」
「注文してないものが、突然置かれてたら怖いでしょうが」
「いや、突然じゃなくて……ひま、ときどきうちに来てくれてて、私が出られないときもインターホン越しにお母さんと話してくれて、そのとき『餃子、届ける！』って話してくれてたみたい。ごめんね、お礼言えてなくて。お母さん、すごく喜んでた。あと、ちゃんと食べたよ。まだ全部……じゃないけど」
「そりゃ、８０個だもんね！」

すっかりお姉さんに見えるかなでが、優しく背中をさすってくれる。まだ冬なのに、背中だけ春の気配を感じる。
「少しでも、食べられたらＯＫ！　奄美に行ったら、浜松餃子、ばっちりＰＲしてくれよな！　鹿児島からなら、飛行機で静岡まで１本！　そこから浜松までは……まあ、何とかなる！　奄美の人にも、じゃんじゃん浜松餃子、食べに来てほしいな」
「コロナ禍、終わったらだね。『浜松餃子日本一応援団』の会長、ＰＲ、さすがだね」
「次期会長ね！　今はお父さんが会長なんで。２０４０年には、私が次期社長兼会長！　２人とも、社長就任式には来てね！」
ひまわりのお父さんは、町工場の社長でもあり、今は浜松餃子を盛り上げる『浜松餃子日本一応援団』の会長でもある。大きな身体と明るいキャラクターが特長で、テレビに何度も出演しているすごい人だ。
「夢ばっかりみてないで、勉強しろ！　このままだと工業高校、落ちるぞ！」
「ひま、工業高校行くことにしたんだね」
「そう、浜芸から来ないかって言われていたのに、もったいない！」
「かなでの後ろで、吹けなきゃ意味ないもん。それを言ったら、かなでだって。えんちゃん、聞いてる？　か

なでは、鳥取に行くんだよ」
「鳥取じゃなくて島根」
　聞けば、かなでは近くにある浜松芸術高校の推薦も、吹奏楽コンクールで実績のある高校も断り、できたばかりで吹奏楽部がない、しかも縁もゆかりもない島根県の高校に行きたいらしい。音楽一家・三姉妹の二女のあまりに意外な決断に、私は驚いた。
「しかも、秘境だよ。動画見たけど、すごいの。駅からうねうね、うねうねーと山道のぼって、そこにぽつんとある高校なんだって。コンビニもスーパーもなくて、夜は真っ暗らしいよ。ヤバくない？」
　無遠慮に話し続けるひまを遮って、かなでが口を開いた。
「ヤバくない！　スーパーは、あります。『地域協奏コース』っていう『音楽で、町おこし！』を勉強できる学科があってね、そこに行きたいの」
今さらだけど、浜松市外の学校に行きたいの、私だけじゃないんだ！
「えんちゃん、私たち力になれることある？」
優しいかなでの提案を受け……私は、うつむいた。こういう優しさが、つらい。私が学校に行けなくなったのは、体が弱いからじゃない。ただ私が、弱いからだけなのだ。
「とりあえず、何か受験の役に立つもの、プレゼントするね」

「い、いいよ」
「プレゼントさせて。誕生日のお祝いもできてなかったし、ね！」
　それは、お互い様だ。申し訳ないことに。
「その代わりと言っては何だけど」
　え、な、なんだろう……。
「ひまのリハビリに、付き合ってくれない？」
「ひ、ひまの？」
「そう、ひま、１週間くらいでよくなるみたいなのね。でも、きっと動かなくなる。だから、散歩に連れ出すの」
「断る！」
　ひまが、反対の狼煙(のろし)を上げた。顔をフグのようにふくらませている。不機嫌のサインだ。
「わたくし、袴田ひまわり、１５歳！　この冬は、冬眠します！」
「勉強しろ、受験生！」冷静なツッコミとともに、ひまの頭に手刀を入れるかなでは、今まさにお姉さんだ。
「やだ、やだ、やあだあ、運動嫌い、寒いの、嫌い。外、出たくない！」
　そして、ひまが妹になる。
「もう、分かった。分かった。じゃあ、散歩の最後にコンビニに寄って、お菓子買うようにしようね」
「肉まんでもいい？」

「いいよ」と言ってかなでがひまのほおを優しくなでると、フグは人間に戻った。今でも毎日学校に一緒に通うという2人は、まるで姉妹のよう。ここに、いなくてもいいよね、私なんか。
「えんちゃんも、来てね。その……かなでと2人だけだと、けんかしちゃうから」
「う、うん」
「それと、ここで受験勉強しない？　週に2回くらい」
かなでは、優しい。けど、それがつらい。そっか、私は中1からというよりむしろ、小学生からやり直しだもんな。同級生に小学校からの勉強を教えてもらうなんて、みじめすぎる、情けなさすぎる。
「えんちゃん！　えんちゃんは、これからコツコツ勉強して、受かるよ、きっと。でもね、ひまは受かんないよ。このままだと。だって、冬眠する気満々だよ。きっと、試験3日前に『このままじゃ、受かんな～い』って泣きながら電話してくるよ」
「そんなことないもん、電話するの、2日前にするもん」
ひま、それ、むしろ状況悪くなってるよ。
「ひま、ひまは頭いいんだよ。自分でも、分かってるでしょ？　ただ、集中力がないだけなの。ね。国語は妄想を爆発させて回答欄を埋めて全部×、理科と社会は試験問題に落書きして時間切れ。それじゃ、受かんないよ」

口をもごもごさせるひまを見て、思い出した。小学生のころ、ひまが自慢げに見せてきたテストの答案用紙はどれもおもしろかったが、ことごとく×が並んでいた。中学に入ってからも、変わってなのか。
「ひまは、一にも二にも集中力！ 集中力をつけるトレーニングをしよう！ ね、ひま！！」
「集中力は必要だと思うけど、トレーニングって何するの？ え、ちょっと怖い！ えんちゃんも、来て！ 絶対、絶対だよ！」
イモムシのように体をよじって近づいてきたかと思うと、ひまは私の手を強く握った。こうして私は、ひまのリハビリとトレーニングにつきあうことになった。


　２０２０年１２月、新型コロナウイルスは猛威を振るい続け、日本は、世界は、濃密な不安で、アクリル板で覆い尽くされている。２８日からは、「Ｇｏ　Ｔｏ　トラベル」が停止になるそうだ。
　そんな中でも私にはいま、気にかけてくれるかなでがいて、優しさと頼りなさで心くすぐるひまがいて、家に帰ればひとこともふたことも多いお母さんがいて、斜め上からの発言がおかしいお父さんがいて、奄美ではおばさんが待ってて……だいじょうぶ、だいじょうぶじゃないけど、それでも胸に小さなだいじょうぶの花が芽吹い

た気がした。私は、きっと、たぶん、おそらく、もしかすると、だいじょうぶ、だいじょうぶだ。


（つづく）

### なみとももの奄美講座（奄美群島編）

「えんちゃん、いろんなことを考えて、奄美に来たんだねえ。ももちゃんは、えんちゃんのお話読んで、どう思った？」
「ごまざた、おいしい」
「間違いない！ それを言ったら、黒糖も島バナナもおいしいよね」
「うん、なみちゃん、いっつも黒糖食べてるよね。これから、おやつの時間？」
「そうだね。でもその前に、えんちゃんのお話読んでくれた人に、奄美について知ってもらおう。今日は私が先生役で、ももちゃんが生徒役ね」
「分かった」
「今回は、奄美群島についてのお話」
「グントウ」
「そう、群島」
「日本列島、先島諸島、奄美群島」
「列島、諸島、群島の違いだね。国土地理院のホームページによると、一列に並んでいるのが列島。 諸島と群島、実はこれら2つにはっきりとした違いはない。地元で群島と呼ばれていたら、群島」
「詳しい！ さすが、なみ先生」
「えっへん！ では、問題です！ そんな奄美群島には、

ユウジン島はいくつある？」
「ゆうじん？　友達？」
「いや、そうじゃなくて、人が住んでて、人が有ると漢字で書く有人島。逆に人が住んでなかったら、無人島。日本には14,125もの島があって、特徴によってこんなふうに分けられることがあるんだよね。で、問題に戻るよ。奄美群島には、人が住んでいる島はいくつ？」
「いち、に、さん、よん、いっぱい！」
「だいたい正解！　より正確に言うと、8つ。詳しくは、以下の通り」

### 奄美大島(あまみおおしま)
面積：712.36 ㎢　周囲：461 km　人口：57,231人
奄美群島最大の島。日本で2番目に広いマングローブ林があるなど自然豊かで、島全域が世界自然遺産に登録されている。島唄や八月踊りなどの伝統文化、大島紬などの伝統産業が息づいているという一面もある。

### 加計呂麻島(かけろまじま)
面積：77.25 ㎢　周囲：147.5 km　人口：1,012人
真っ白な砂浜とコントラストをなす青い海が印象に残る島。軍港として栄えていた時期があり、今も太平洋戦争当時の面影がある戦跡が多く残っている。

### 請島(うけじま)

面積:13.34 km²　周囲:24.8 km　人口:88人
最高峰「ミヨチョン岳」からは、奄美大島をはじめとする数々の島を一望できる。ミヨチョン岳には貴重な野生動植物が多く生息しており、その保護のため登山2週間前までに入山申請をする必要がある。

### 与路島(よろしま・よろじま)

面積:9.35 km²　周囲:18.4 km　人口:54人
家々の塀の多くが手積みのサンゴ石垣であることと、充実した自然が特長の島。請島との間にある、サンゴ由来の白い砂の丘が特徴的な無人島・ハミャ島(ハンミャ島)に上陸するためには与路集落区長の許可が必要。

### 徳之島(とくのしま)

面積:247.85 km²　周囲:89.2 km　人口:21,895人
奄美大島に次いで、奄美群島で2番目に大きい。奄美大島とともに、世界自然遺産に登録されている。農業、漁業、黒糖焼酎製造がさかんなことなど奄美大島との共通点も多いが、闘牛など島独自の文化も息づいている。

### 喜界島(きかいじま)

面積:56.82 km²　周囲:50 km　人口:6,437人
島一面に広がる畑で採れるサトウキビが特産品。国内最

大のゴマの産地でもある。ダイビングスポットとしても、知られている。

### 沖永良部島（おきのえらぶじま）
面積：93.65 ㎢　周囲：55.8 km　人口：6,148 人
「花と鍾乳洞の島」　特に島内に大小約 200 から 300 あると言われる洞窟・鍾乳洞が有名で、愛好家からは「洞窟の聖地」とも言われる。

### 与論島（よろんじま）
面積：20.56 ㎢　周囲：23.7 km　人口：5,087 人
奄美群島の最南端。沖縄本島まで約 23km の場所に位置しており、薩摩と琉球の文化があわさった独自の文化が息づいている。島内にある白い砂浜と透明度の高い海は、「東洋の真珠」と賞される。

　　　※人口は、住民基本台帳に基づく人口（令和 5 年 9 月現在）

「では、次の問題。奄美にじゃなかった、大島には島の外の人はどうやって来る？」
「おおしま？」
「ああ、そこも説明が要るよね。日本には周防大島、伊豆大島と奄美大島のほかにも大島と名のつく島はあるけど、奄美で大島と言ったらだいたい奄美大島のこと。単

に奄美といったら、奄美群島全域のことを表すことが多い。ほかの島だと、かけろま、きかいというふうに島をつけずに言うことがある」
「えらぶ」
「そうそう、沖永良部島は、単にえらぶと言われることもある。で、その大島には島の外の人はどうやって来る？」
「う〜ん」
「あれ、難しいかな。じゃあ、質問を変えるね。私たちが大島の外に出るには、どうしたらいい？」
「船！」
「そうそう」
「あと、飛行機！」
「大正解！　島の外の人は、飛行機か船でやってくる。こんなふうに本土から飛行機や船など公共交通手段で来られる島を一次離島という。本土とは、公共とはと気にするのは、今はやめよう」
「うん」
「一次離島（または二次離島）から、船か飛行機に乗らないと行けない島もある。そんな島を、二次離島という」
「加計呂麻島と請島、あと三角先輩が住んでた与路島」
「そうそう。奄美群島で二次離島なのは、その３つだね。ここまで有人島と無人島、一次離島と二次離島という分け方について話したよね。奄美群島には、独自の分け方

もある、この2つのグループに分けられるけど、何が違うか分かる?」

　☆奄美大島・加計呂麻島・請島・与路島・徳之島
　★喜界島・沖永良部島・与論島

「ハブ!」
「だいたい正解!」
「奄美大島をはじめとする☆グループは、約1000万年前まではユーラシア大陸と地続きだった。ところが、約200万年前に大陸から分離して(ちぎれて)それぞれの島になった。ユーラシア大陸に昔からいたハブは、ちぎれてできた島の中にもいたため、今でも各島にはハブがいる。
一方で、喜界島をはじめとする★グループは、海底が隆起して浅い海になったところにサンゴが住み着き、サンゴ礁ができた。その後さらに隆起して『サンゴ礁は島になり、その周りにサンゴ礁ができて』ということが繰り返されて、いまの島の形になった。こうしてできた島は、少しずつだけど今も隆起を続けている。要は『海がむくむく盛り上がる、浅い所にサンゴ礁ができる、さらにむくむく盛り上がる』で島ができたってこと。もともと海だったところにできた島だから、ハブがいない」
「むくむく」

「むくむく。えっと、奄美群島は群島全体で同じところもある。例えば、全部鹿児島県に属しているところとかね。一方で、ひとつひとつの島に個性がある。さらに言うと、同じ島でも、あるいは同じ村でも、集落によって少しずつ文化が違う」
「黒糖焼酎！」
「そう、黒糖焼酎（奄美黒糖焼酎）を作れるという点は群島共通だね。そして、黒糖焼酎を作れるのは日本で奄美群島だけ。これは、法律（厳密には、酒税法に関連した国税庁の通達）で決まっているんだよね。ももちゃん、ここはパーフェクトに正解だね」
「今日授業で習った。グラスがきれいなの！」
「焼酎グラスできれいなの、あるよね。一方で繰り返しになるけど、島ごと、集落ごとで違うこともある」
「大きさも、住んでいる人の数も違う！　踊りも、違うよね」
「そうだね。同じ村でも、八月踊りでかかる曲だったり踊りが違ったりする」
「八月踊り？」
「そうかそうか、それも説明しないとね。八月踊りは、古くからある伝統行事で、大島で古くから、数多くの集落で行われている。ただ大島の中でも、八月踊りをやってない地域もある」
「前から不思議だったけど、9月にやるよね？　でも、

八月踊り」
「旧暦の８月にやるからね。大島は旧暦にあわせて行われている行事が多いけど、ほかの島だと旧暦なんて全然使ってないところとか、行事が少ない島もある。どこも自然豊かで、人があったかいというのは、共通してるかなあ。全部行ったことがあるわけじゃないから、私も詳しく知っているわけじゃないんだけどね」
「全部まわってみたいね」
「いいね、卒業旅行で行こうか？　どの島にもクラスメイトはいるから、頼めば泊めてもらえる！」
「じゃあ、ももと、なみちゃんとえんちゃんの３人で！」
「よし、それで！」
「最後にひとつ、大事な話、してもいい？　この本には、全然出てこなかったよね」
「島のことだよね。出てきたのはえんちゃんが来た奄美大島と、三角先輩が住んでた与路島、あと本州か。続編となる『えなもおどっちゃうけん！　２　まいおどるとき』には、もっといろんな島の子が出てくるよ」
「そうじゃなくて」
「違うの？」
「もものことも、あと、なみちゃんも、出てきてないよ」
「私も、それなりに受験勉強頑張ったけどなあ。もも

ちゃんも、受験勉強したよね？」
「ももは……」
「と、とりあえず『えなもおどっちゃうけん！２ まいおどるとき』２０２５年２月発売予定だから、絶対読んでくれよな！」
「くれよな！」

(参考ホームページ～なみは、ここで調べていました～)

国土地理院　国土の情報に関するQ&A
https://www.gsi.go.jp/kohokocho/FAQ2.html

ぐーんと奄美
（一般社団法人奄美群島観光物産協会　公式サイト）
https://goontoamami.jp/

しーま編集部
【島旅特集】秘境3島を巡るディープ島旅
～加計呂麻島編
https://mishoran.com/column/deeptrip-kakeromajima/

つくろう、島の未来｜ritokei（離島経済新聞）
https://ritokei.com/

## 作者略歴

## 金子あつし

フリーライター。一般企業等勤務をへて、2015年から現職。著書に『風疹をめぐる旅〜消される「子ども」・「笑われる」国〜』『みんなにもっとひかりあれ！〜ダウン症の妹がいるあかりと、みんなの二分の一成人式〜』（いずれも読書日和刊）　未曾有のコロナ禍を経て、新たに聖地巡礼ができる物語をつくりたいと思っていたところ、ふとしたきっかけで宇検村と出会う。これまでに、２度奄美大島への来島経験（および２度の宇検村への来村経験）がある（回数は、これからもきっと増える）。

## 金子あつし　このほかの本

『風疹をめぐる旅 ～消される「子ども」・「笑われる」国～』
著：金子あつし
1,600円＋税（A5サイズ／154ページ）
日本を誰も風疹で苦しまずに済む国にしたい！　その一心で視覚障害を抱えるフリーライターが書き上げた、「奇跡」のデビュー作！

『今日もゲームの世界にいます』
作：金子あつし　絵：西尾亜加梨
1,600円＋税（A5サイズ／31ページ）
学校に行けず、部屋から出すことすらなく昼も夜もオンラインゲームを続ける中学生。そんな生活は、些細なきっかけから始まって……。
続きを考えたくなる絵本！

『みんなにもっとひかりあれ！
～ダウン症の妹がいるあかりと、みんなの二分の一成人式～』
作：金子あつし　絵：ぽえ
仲が良くてなんでも言いあえるようにみえる『みんな』には、実はそれぞれ誰にも話したことがない家族についての悩みがあって……。二分の一成人式に真摯に向き合う子どもたちの物語。

あなたも「あったらいいな、こんな本」をカタチにしませんか？
読書日和では、自費出版のお手伝いをしています！

◆自分史・小説・詩集・句集・歌集など、さまざまなジャンルの自費出版をお引き受けします。戦争および戦後復興の体験が書かれた手記、特に歓迎します。

◆ご予算にあわせて、ご希望の本を刊行いたします。
◆原稿をお見せいただき、ご希望をうかがったうえで、見積もり書を作成いたします。お見積もりは、無料です。お気軽にご相談ください。
◆本のご注文、ご感想もお待ちしています。

〈お問い合わせ先〉
〒433-8114
静岡県浜松市中央区葵東２丁目３-20　208号
（読書日和　代表：福島）
電話番号：053-543-9815

# 本書のテキストデータ引き換えについて

　視覚障害その他の理由で必要とされる方からお申し出がありましたら、メールで本書のテキストデータを提供します。
　なお、個人使用目的以外の利用および営利目的の利用は認めません。
　ご希望の方は、ご自身のメールアドレスを明記したメモと下の『えなも　おどっちゃうけん！（1）』テキストデータ引き換え券（コピー不可）を同封のうえ、下記の宛先までお申し込みください。

〈宛先〉
〒433-8114
静岡県浜松市中区葵東２丁目３－20　208号
読書日和
『えなも　おどっちゃうけん！1　はじまりのとき』
テキストデータ係（担当：福島）

『えなも おどっちゃうけん (1)』
テキストデータ
引き換え券

えなも　おどっちゃうけん！1 はじまりのとき

作　者　　金子あつし

発行者　　福島憲太
発行日　　2024 年 10 月 10 日
定　価　　1,600 円＋税

発行所　　読書日和
所在地　　〒433‑8114
　　　　　静岡県浜松市中央区葵東 2 丁目 3‑20　208 号
電　話　　053（543）9815
Ｅメール　dam7630@yahoo.co.jp
公式サイト　http://dokubiyo.com

印刷・製本　　ちょ古っ都製本工房
ブックデザイン　余白制作室
※本書の文字は、全てユニバーサルデザインフォントを使用しています。

ISBN　978-4-978-4-9913616-2-3　C0093
©Atsushi Kaneko 2024　Printed in Japan

乱丁・落丁本はお取り替えいたします。上記までお問い合わせください。
本書の無断転載・複製を禁じます。

読書日和
※コピー不可